가덕도에
부는
바람

가덕도에 부는 바람

발행일	2020년 7월 31일

지은이	최순희		
펴낸이	손형국		
펴낸곳	(주)북랩		
편집인	선일영	편집	강대건, 윤성아, 최예은, 최승헌, 이예지
디자인	이현수, 한수희, 김민하, 김윤주, 허지혜	제작	박기성, 황동현, 구성우, 권태련
마케팅	김회란, 박진관, 장은별		
출판등록	2004. 12. 1(제2012-000051호)		
주소	서울특별시 금천구 가산디지털 1로 168, 우림라이온스밸리 B동 B113~114호, C동 B101호		
홈페이지	www.book.co.kr		
전화번호	(02)2026-5777	팩스	(02)2026-5747

ISBN	979-11-6539-328-1 03810 (종이책)	979-11-6539-329-8 05810 (전자책)	

이 도서의 국립중앙도서관 출판예정도서목록(CIP)은 서지정보유통지원시스템 홈페이지(http://seoji.nl.go.kr)와
국가자료공동목록시스템(http://www.nl.go.kr/kolisnet)에서 이용하실 수 있습니다.
(CIP제어번호: CIP2020031665)

(주)북랩 성공출판의 파트너

북랩 홈페이지와 패밀리 사이트에서 다양한 출판 솔루션을 만나 보세요!

홈페이지 book.co.kr　　•　　**블로그** blog.naver.com/essaybook　　•　　**출판문의** book@book.co.kr

최순희 소설집

가덕도에
부는
바람

북랩 book Lab

작가의 말

녹음이 짙어지는 계절

초록 물감이 뚝뚝 떨어질 것 같은 공원의 성성한 나뭇잎들

주인 잃고 비어있는 어린이 놀이터

마스크 없이는 한 발자국도 못 나가는 거리 두기, 만남 자제 문자들

책을 펼쳐봅니다.

단편 소설집 『캥거루들의 행진』과 장편 소설 『은하』에 이은 세 번째 소설집 『가덕도에 부는 바람』 출간에 감회가 새롭습니다.

출판을 위해 애써 주신 북랩 직원 분들께 감사드립니다.

모든 분들의 건강을 빌어봅니다!

2020년 경자년 여름

최순희

목차

가덕도에
부는
바람

...

짙푸른 바다가 끝없이 펼쳐져 있다.

한낮의 햇살에 바닷물이 눈부시게 반짝이는 은물결이 밀려와 하얀 물거품을 일으키며 몰려왔다 사라진다. 흰 등대가 보이고 대항항과 대항마을이 눈앞이다. 하얀 거가대교 위 꼬리를 물고 달리는 자동차와 트럭들이 눈에 들어온다. 저 차들은 바다 아래 그 유명한 해저터널을 통과하여 나오는 것이다. 날씨가 청명해선지 바다 저쪽 거제 마을이 보인다. 북항 컨테이너 부두와 남 컨테이너 부두가 가덕도 해안에 거대하게 자리하고 있다. 주위가 엄청나게 변했음을 그는 새삼 느낀다. 해안가에는 낚시하는 강태공들이 작은 의자에 앉고 더러는 서서 무한정 손맛을 기다린다.

개똥아, 니 내캉 노올자! 히히.

그는 웃는 소리에 흠칫 놀라 뒤돌아봤으나 아무도 없다. 개똥이! 너무도 오랜만에 듣는 소리인데도 반응하다니, 몸은 아직도 그 이름을 기억하고 있는가.

대항 휴게소다. 지금 주위에는 차를 주차하고 시비 '내 고향은 가덕도'를 읽거나 바다로 향해 설치된 망원경을 보는 관광객 대여섯 명밖에 없다. 그는 끼고 있던 선글라스를 벗어 손에 들었다. 칠월의 태양이 내뿜는 더운 입김을 바닷바람이 날려 시원하다. 시계를 본다. S자 코스 진입도로로 자꾸만 눈이 간다. 이윽고 날렵하게 빠진 BMW 검은색 차 한 대가 들어와 주차선에 부드럽게 주차를 했다. 차 문을 열고 내리는 두 남자가 이쪽을 향해 크게 손을 흔든다. 반소매 셔츠 차림이다. 그들에게서 어언 중년 신사의 티가 난다. 그도 두 손을 흔들며 그들을 반겼다.

어이, 김문호!

박현식! 하석주!

그는 먼 길을 달려온 두 친구가 반가워 뚜벅뚜벅 걸어가 그들과 차례로 포옹했다. 악수하고 흔드는 손길이 우악스럽다.

김문호, 우리 그 난리 겪은 지 몇 년 됐냐?

아마 20년 넘었을걸. 우리 나이가 몇이야?

꼭 엊그제 일 같은데. 그때가 우리 새파란 청춘이었지.

칠월 첫 주 일요일 열두 시. 어언 이십 년을 지켜온 그들 만남의 날이다. 가덕도 검푸른 바다가 은빛으로 번쩍인다. 아, 이 바다는 여전히 아름다워! 어제도 오늘도 그리고 내일도 아름다운 가덕도 바다가 출렁인다.

문호야 너한테 보여줄 것이 있니라. 저 병풍 이리 가찹게 땡겨도고.

병풍을요?

이 할미가 암만 생각해도 그냥 눈감고 죽을 수가 없구나.

할머니!

할머니가 편찮으시다는 어머니의 전화를 받고 문호가 시골집으로 갔을 때 할머니는 노환으로 많이 쇠약해진 모습이었다. 팔순이 넘으셨다. 할머니의 방 윗목에 펼쳐져 있는 병풍, 그 병풍은 별달리 고급스러운 것도 아니고 평범한 10폭 병풍인데, 평상시엔 사계절 민화가 그려진 쪽을 펴놓고, 명절이나 제사 땐 반대쪽으로 돌려 사용하였다. 문호가 하나도 알아보지 못하는 초서로 쓰인 한문 병풍으로 어릴 때부터 노상 보아온 물건이라 관심이 없었다. 문호가 병풍을 할머니 누워 계신 자리 가까이 당겨오자, 할머니는 병풍의 방향을 초서 쪽으로 돌리라고 하고는 경대 서랍에서 면도칼 하나를 내놓으셨다.

저기 바른쪽 제일 아래를 이 칼로 그어 보거라. 조심하고.

예? 예.

티 안 나게 도로 부쳐야 나중 할미 제사 때도 이 병풍을 쓰겠지. 그래 거기서 아래로 그어 보거라.

문호는 도무지 영문을 알 수 없었으나 할머니의 진지한 태도에 긴장이 되었다. 병풍은 하도 오래되어 세월의 때가 묻어 있어 다시 붙이려면 적게 째야겠다 싶었다.

할머니 여기서부터 쨀까요?

애야, 날 쪼끔 일으키거라. 아이고!

문호의 부축으로 겨우 일어난 할머니가 가리키는 곳을 따라 세로로

칼을 그어나갔다. 문종이가 생각보다 탄탄하였다. 그리고 그곳은 병풍 끝 폭이라 제사 때도 일부러 활짝 펴지 않으면 접혀 있는 곳이란 걸 그때야 알았다. 문호가 조심스레 약 십 센티를 절개하자 할머니가 무릎걸음으로 다가와 바짝 야윈 손을 그곳에 집어넣어 조심조심 더듬었다.

여기 넣던데 어데 갔노, 어디 딱 붙었냐?

할머니 뭔데요? 제가 꺼내 볼게요.

문호가 할머니 손이 더듬던 그 자리를 살펴봐도 별개 안보였다. 플래시를 가져다 비쳐 보니 병풍 밑바닥에 종이 쪽지 하나가 보였다. 문호가 손을 넣었으나 닿지 않았다. 결국, 그곳을 조금 더 절개하고서 집어낼 수 있었다. 누렇고 작은 종이였다. 할머니는 부르르 몸을 떨었다.

할머니 이거요? 이게 뭔데요?

음! 그기 맞을끼다. 내사 무서봐서 볼 엄두도 안 냈었다.

할머니는 한 손으로 가슴을 누르고 눈을 감고서 마음을 진정시키는 듯했다.

후유! 얘야 잘 들어라. 할미는 그게 뭔지 모른다. 그거는 그 옛날 니 할배가 정월 그믐밤이제. 달도 없이 칠흑같이 캄캄한 밤 귀신처럼 나타나서는 거기에 숨카 놓고 그 밤에 갔었제. 전쟁 막바지에 징용으로 끌려가 소식 하나 없던 사람이 이 태만에 나타나서 말이지. 암만해도 니 할배는 그길로 고만 돌아가신 거라. 그 밤에 잡혀 맞아 죽었는지 모르지. 그리고 반년도 못 지나 해방이 됐는데 징용 간 사람, 아오지 탄광 간 사람도 돌아오는데 너 할배는 암만 기다려도 못 오는지 안 오더라. 옛날 너, 아비에겐 해 끼칠까 겁나서 말을 못 했어.

할머니가 너무 숨을 헐떡여서 문호는 나중에 얘기하시라고 만류하였다.

아니여. 나가 말문 닫기 전에 해야지. 문호야, 거기 뭣인지 내사 모른다만 그냥 입 다물고 죽을 수도 없고 내가 생각다 못해 니한테 알리니 살피나 보아라. 할배가 아무 원 없이 거기에 숨겼겠노. 내가 울며불며 붙잡아도 벌벌 떨며 그 밤에 떠났지. 살아생전 이승에서 본 가장의 마지막 모습일 줄이야 내가 어찌 알았겠노! 니 아비까지 그렇게 보내고 삼시 세끼 밥 묵고 잠자고 살긴 살았어도 내 간장에 시커먼 구멍이 났는데 참 질기게도 살았다. 문호 너 보고 산 세월이다. 애야 부디 몸 조심하거라!

할머니는 기진맥진이 되어 그대로 자리에 쓰러졌다. 일제강점기 말 강제노역으로 끌려간 할아버지, 해방되어 눈이 빠지게 기다려도 돌아오시지 않아 구월 구 일에 제사를 지내고 있다. 뭔가 알 수 없는 뜨거운 감정이 찌르르 가슴을 훑고 지나갔다.

할머니가 돌아가셨다. 조촐한 삼일장을 치렀다. 할머니는 평생을 기다리던 할아버지, 가슴에 묻고 그리워하던 아버지를 만난다는 기대로 미련 없이 눈감으셨을까. 마음의 무거웠던 짐을 손자에게 털어놓은 홀가분한 마음으로 죽음을 맞으셨을까. 어머니의 슬픔은 컸다. 할머니가 아버지의 부재를 언제나 바위산같이 대신해 주었다고 하였다. 강에서 조개를 잡아 재첩국을 이고 마을 마을을 다니며 팔았고 여름이면 무거운 열무 보따리 머리에 이다 팔고, 청대를 꺾어 빗자루를 만들어 김해장 녹산장에 내다 팔아 아버지의 병원비며 생계를 대었다. 해거름 장에서 오는 할머니의 주머니에는 언제나 손자 손녀에게 줄 엿이며 사탕이 들어 있었다. 친척들이 가고 고모와 누나네 식구들도 가고 나니 문호의 마음이 황량하기 그지없었다. 바싹 말라버린 갈대가 서걱거리던 겨울 강변에, 가을걷이가 끝난 스산한 들녘에 홀로 남겨진 기분이 되었다. 고향은 유년의 추억이 고스란히 남겨진 곳이다. 느티나무 정자 큰 마당, 놀이터 배꼽마당, 안개 자욱한 청갈대 강변이며 조개 잡고 멱 감던 강가, 콧물 줄줄 석이, 욕심쟁이 욱이, 골목대장 철이, 왕눈이 연이, 옛날 뱃사공 아재가 천천히 대나무 장대로 배를 밀어 나아가 깊은 강에서 노를 젓던 배를 타고 건너던 김해 뱃길.

문호와 어머니는 집을 나섰다. 할아버지와 아버지를 잃은 서낙동강 강가 집이어선지 할머니는 문호에게 대처에 나가 살라고 하였다. 문호는 중학교에 입학하고 부산에 셋집을 마련하여 누나와 자취하며 살았는데, 어머니가 반찬을 준비하여 자주 들렀다. 방학이면 할머니가 기다리는 집으로 돌아왔다. 할머니는 배추 시래기처럼 늙어갔다. 이제는 할머니가 안 계신 빈집이 되었다.

파란 슬레이트 삼 칸 겹집 마루 문을 닫고, 대문 열쇠만 걸면 그만이다. 개똥아 방학하믄 얼른 오너라.

등 뒤로 아지랑이 같은 할머니 목소리가 들렸다. 집을 나서면 골목 아랫집 그 집이 보였다.

참 뽕이, 어머니, 뽕이 소식 들었어요?

글쎄다. 근래 소식은 못 들었지. 저 엄마 돌아가시고 진주 사는 큰 언니가 데리고 갔는데 천방지축 나대는 뽕이를 할 수 없이 시설로 보냈다지. 불쌍한 것. 쯧쯧!

고샅길을 돌아 나오는데 귀에 익은 부름에 문호는 깜짝 놀라 뒤돌아보았다.

히히, 개똥아. 니 내캉 노올자 잉.

돌아보니 아무도 없었다. 주춤하니 머뭇거리는 추위를 밀어내는 삼월의 햇살이 돌담 위로 쏟아진다. 서낙동강 강물이 윤슬에 반짝이며 흘러감을 잊은 듯 잔잔하다.

대학가의 기말고사가 끝날 무렵, 문호는 고등학교 단짝 친구 현식을 집으로 불렀다. 현식은 시원시원한 성격으로 문호와 같은 B대 공대 건축학과 2학년생이다. 문호가 현식에게 시골집 병풍에서 나온 그것을 보여주며 그간 사연을 말했다. 현식은 눈을 껌뻑껌뻑하더니 야, 보물찾기냐? 보물 찾으면 우리 나눠 먹기다, 하고 키득키득 웃었다. 그들은 산을 올랐다. 칠월의 산은 그야말로 정신없이 짙푸른 청산이었다. 느티나무도 상수리나무도 소나무도 낙엽송들도 닿으면 초록 물이 밸 듯한 진초록 잎을 달고 성성했다. 적막한 산길에 산새들 노래하고 떡갈나무 커다란 잎들이 더위 먹은 햇살을 가려주었다. 산자락 입구에는 억새처럼 자란 늙은 쑥이 바람에 건들거리고 보랏빛 꽃을 피운 엉겅퀴들이 햇볕을 먹고 웅성웅성 자라고 있었다. 산길로 들어가자 청미래덩굴과 칡넝쿨이 죽고 못 살듯 이리 엉키고 저리 엉키어 터널을 만

들어 가며 끝도 없이 뻗어 꼬불꼬불한 산길까지 잠식했다. 청미래덩굴에는 콩알만 한 초록 열매가 조롱조롱 달려 있었다. 거미들이 구석구석 줄을 쳐서 크고 작은 곤충들을 거미줄에 전시해 놓았는데 녀석들은 모색도 몸 색깔도 각양각색이었다.

야, 거미들 정말 무서운 사냥꾼이야. 저것 봐. 엄청 큰 말벌도 그물에 걸려 있네.

가시넝쿨이 발목을 잡았다. 왕성한 생육으로 산길을 침범하여 한자리 단단히 차지한 거친 쐐기풀과 자잘한 잎이 달린 싸리나무들을 헤치며 골짜기도 거쳐 바위들을 타고 올랐다. 비지땀을 흘리며 가덕도에서 가장 높다는 연대산 연대봉(459m)을 올랐다. 정상에서 주위를 둘러봤다. 파도치는 푸른 바다가 끝없이 펼쳐진다. 뜨거운 햇살과 풍덩 뛰어들고 싶은 푸른 바다와 우뚝 솟은 하얀 등대가 정겹게 느껴졌다. 정상에 서서 모자를 벗고 땀을 훔치니 바닷바람은 시원하나 칠월의 태양이 정수리에 내리꽂혔다. 문호는 망원경으로 주위를 한참이나 살펴보고 갈증에 물만 벌컥벌컥 들이켰다. 그들은 정상에서 내려와 나무 그늘진 바위에 걸터앉아 배낭을 풀어 점심을 먹었는데 시장하여 꿀맛이었다. 바닷바람이 시원하게 불어와 이마의 땀을 식혀주었다.

가덕도

병풍에서 꺼낸 작은 쪽지에는 딱 세 글자, '가덕도'라는 글자가 세로로 휘갈겨 적혀 있었다. 오랜 세월에 연필로 꾹꾹 눌러쓴 글씨가 아주

희미하게 보였다. 할아버지는 무엇을 말씀하신 것일까? 무엇을 가리킨 것일까? 자신이 도대체 무엇을 찾아야 하는지 알 수가 없었다. 오늘이 몇 번째인가. 부산역에서 하단으로 와 용원행 버스를 타고 하굿둑을 지나 녹산을 거쳐 용원에서 내렸다. 용원 바닷가 선착장에서 사람을 싣는 작은 나룻배 외엔 교통수단이 달리 없는 이곳 가덕도에 문호와 현식은 오늘로 세 번째 발을 들여놓았다. 도선 승선 신고서에 처음에 관광이라 적었다가 이젠 등산이라고 적는다. 용원 바닷가 뱃전에는 커다란 고무통에 펄쩍펄쩍 뛰는 광어, 도다리, 숭어, 우럭 등 활어들이 그득하니 담겨 있고 이를 파는 아줌마들의 외침이 출렁대는 파도처럼 신선하였다.

보이소! 사이소! 금방 갓 잡은 싱싱한 횟감이 얼마나 맛있는지 아십니꺼!

펄떡펄떡 뛰는 광어, 우럭 구경해보소. 저울 좋게 주니더. 고마 사이소!

왁자한 소리를 지나 대합조개, 모시조개, 키조개, 꼬막, 재첩 등 갖가지 조개들을 그릇에 수북이 담아놓고 잽싸게 까서 손질하여 파는 조개 전을 지나 바다 위에 가교로 만들어진 선착장에서 가덕행 배에 올랐다. 몇 번 다녀보니 오가는 사람들이 생각보다 많았다. 배를 탈 때마다 승선 신고서를 적는다는 게 좀 귀찮을 뿐 배는 푸른 물살을 가르며 잠깐 사이에 가덕도 천성항에 내려주었다. 고기 잡는 어부가 많은지 천성항에는 크고 작은 고깃배들이 나란히 줄지어 매여 있었다. 그들은 도시락을 준비하여 다녔는데 먼저 산을 올랐다. 강금봉을 거쳐 마봉산에 올랐다. 동서남북 주위도 살피고 산세도 눈여겨보았다. 지난번에는 연대봉 정상에 올라 사방을 둘러보고 오후에 내려왔었다. 문호는 가덕도 섬을 빠뜨리지 않고 다 둘러볼 생각이었지만 산은 높고 섬은 넓었다. 바닷가 해안이나 암벽들도 살펴볼 계획이었지만 칠월이라 날은 더 무더워지고 산은 더 푸르고 울창하여 갔다. 녹음이 짙은 꼬불꼬불한 산길은 성성한 나무들과 무성한 쐐기풀이 점령하여 조금만 거리가 떨어져도 현식이 보이지 않았다. 소나무와 밤나무, 상수리나무, 떡갈나무 그리고 잡목이 많았다. 양지쪽 능선에는 고사리풀이 지천이었다. 다복다복 자리 잡은 커다란 고사리 잎들이 시퍼렇게 자라고 있었다.

그들은 대항마을 산을 오르면서 S자 산길을 지겹게 오르고 있었다.

우와! 여기 봄에 고사리 진짜 많았겠네. 누가 다 꺾었을까?

전문으로 산채 캐는 사람들 있을걸?

밭인가?

여기저기 벌통이 제법 놓여 있었다. 대강 세도 쉰 통은 넘을 듯하였다. 꿀 따는 계절인가. 문호는 벌통들을 보자 옛날 고향 마을 벌통들이 떠올랐다. 벌통 앞으로 빨강 꽃들이 지천으로 피어있었다. 강렬한 색깔이 눈길을 끌었다.

저 꽃은, 저 꽃은 양귀비야!

뭐? 양귀비꽃이라고?

현식의 말에 문호의 눈이 둥그레졌다.

웅, 전에 아버지가 몇 포기 화분에 심어서 옥상에서 키웠거든. 그때

핀 꽃을 보았는데 양귀비꽃이라고 하셨어.

꽃 색깔이 예쁘네. 빨간색이 매혹적인데.

꽃 양귀비가 있고 금지 양귀비가 있는데 저건 금지 식물이야. 저기 꽃 말고 씨방들 많이 보이지? 저게 마약 원료라던데.

대체 누가 이 산속에 벌치고 양귀비를 키우고 있을까?

양귀비밭은 제법 넓었다. 펑퍼짐한 밭 주위에는 산딸기와 인동덩굴이 사방 뻗어 있었다. 베이지색 인동꽃이 여기저기 많이도 눈에 띄었다. 문호는 할머니가 인동덩굴로 장작불 때워 해주시던 쌉쌀한 식혜 생각이 났다. 칡넝쿨은 잎과 줄기가 너무도 왕성하게 뻗어 주위 식물들을 다 감아버렸다. 저만치 키 큰 굴밤나무 가지에 다람쥐가 오르내리며 놀다가 인기척에 나무 위로 달아나 버렸다. 푸드덕 새들도 놀라 날갯짓 힘차게 날아가 버렸다. 그들은 다리도 좀 쉴 겸 그늘을 찾았다. 샛강 너럭바위같이 생긴 거무튀튀한 바위에 앉으니 시원하였다. 가시 풀이 등산화며 바지 소매 배낭에 달라붙어 따끔따끔 찔렸다. 털어선 떨어지지 않는 가시들을 일일이 손으로 떼어내었다.

메스 트랄이던가 하는 발명가가 의류에 묻은 가시들을 털어내다 찍찍이를 발명하여 백만장자가 되었다는 기사가 생각나는데.

그래. 양들이 덩굴장미를 피하는 모습을 보고 조지프는 철조망을 발명했다지. 우리는 이 짙푸른 청산에서 무엇을 찾을까요? 금괴 아니면 보물!

문호와 현식은 마주 보고 쿡쿡 웃었다. 날이 너무 더워선지 칠월 청산에는 사람 그림자도 보이지 않았다. 우람한 상수리나무와 아카시아가 시원한 그늘을 만들어주었다. 오월이면 언덕배기 방죽에 진초록 아카시아 잎들 사이사이로 하얀 꽃들이 주렁주렁 지천으로 달렸는데 그가 가장 좋아하던 향기였다. 문득 떠오르는 얼굴이 있었다.

시랑아, 밥 처먹어라! 히히.

푸른 테 두 줄 두른 하얀 사기 사발에 아카시아 흰 꽃잎이 넘치도록 소복하니 담아 내밀던 작은 손. 대접에는 초록 아카시아 잎 서너 개가 동동 떠 있고 그네 손바닥보다 큰 감잎에는 나물 반찬이 조물조물 담겨 있었다. 꼭지 빠진 새파란 풋감까지 올려 놓은 비료 포대 밥상이 눈앞에 어른거린다. 사발 머리 얼굴이 불쑥 나타났다.

싫어. 나는 너 신랑 안 해!

정말로 그네가 싫어 후다닥 달아났다. 입가에 엷은 미소가 번졌다.

나 어릴 때 애들과 가위바위보 아카시아 잎 먼저 따기, 소꿉놀이도 하고.

사내아이가 소꿉놀이했어? 웃긴다. 우리는 제기차기, 말타기, 땅따먹기했어.

현식이 이마의 땀을 훔치고선 생수를 꺼내 벌컥벌컥 들이켰다. 오이와 토마토를 꺼내 먹었다. 이때 에에 햄 에에에엠, 하고 염소 울음소리가 들려왔다.

염소인데, 방목하는 염소인가?

우리 올라갈 때는 염소가 보이지 않았는데.

그러고 보니 그들이 쉬고 있는 주위에 때글때글한 마른 염소 똥들이 보였다.

요것 보게, 누가 여기서 염소 키우고 꿀벌 치고, 양귀비 심고, 산채 캐고 다 해 먹고 사나보다, 숯은 안 구울까요?

어디 살 만한 집은 안 보이는데.

어디 굴이라도 파 놓고 땅속에 살고 있을까?

굴? 굴이라고?

문호는 재빨리 배낭에서 망원경을 꺼냈다. 바위에 올라 가까운 곳 먼 곳을 두루 살폈다. 하지만 별다른 게 보이지 않았다. 문호는 현식 옆에 벌러덩 드러누워 칠월의 짙푸른 나뭇가지에 걸려 있는 조각 난 하늘을 올려다보았다. 파란 물감이 뚝뚝 떨어질 것만 같은 잎사귀 사이를 구름이 슬금슬금 건너뛰듯 지나갔다. 조개구름이 어느새 보송보송한 새털로 바뀌었다. 풀벌레가 줄기차게 쩌렁쩌렁 울어댔다. 매미도 맴맴 기를 쓰고 시끄럽게 울었다. 싱그러운 산소가 폐 속 깊숙이 들어와 호흡을 하는지도 모르게 가슴이 가벼워졌다. 문득 상수리나무 잎에 손자를 한없이 사랑하시던 할머니 얼굴이 비치고, 생명의 잔불이 사그라져 가는 할머니를 품에 안고 슬퍼하던 어머니의 모습도 떠올랐다. 흑백 사진으로 본 젊은 아버지. 어머니와 결혼하여 누나를 낳고 군대에 입대한 아버지는 월남전에 참전했었다. 군 제대하여 아들인 자신이 태어난 뒤 행복한 가정을 꾸린 것도 잠깐. 젊은 날을 온몸의 피부병 종기와 폐부종으로 고생고생하던 아버지. 할머니가 병원이며 좋다는 약이란 약은 다 써도 뼈만 남고 말라가던 아버지는 그가 겨우 다섯 살 때 돌아가셨다. 어느 날 그의 손을 잡고, 문호야 어린 너에게 무거운 짐을 남겨주어 아빠가 정말 미안하구나! 하면서 눈물 짓던 아버지의 모습을 잊을 수 없다. 그때는 몰랐다. 그 몹쓸 병이 월남전 참전 용사에게 걸리는 고엽제라는 것을. 까맣게 몰랐다. 세월이 흐른 나중에서야 월남전 참전군인 고엽제 환자가 늘어나고 언론에 대서특필되고서 정부가 고엽제 환자를 치료해준다는 사실을 알게 되었다. 할머니 한 맺힌 가슴에 또다시 비수가 꽂혔다. 겨울에도 가슴에 천불이 난다고 얼음을 깨고 마을 앞 강물에 뛰어들었던 할머니의 한. 무서운 병마에 남편을 빼앗기고 소리쳐 울지도 못한 어머니의 한이 안개처럼 스며들었다. 꿀보다 달콤한 오수(午睡)가 그들에게 소리 없이 찾아들었다.

바위산 아래에서 상사화 군락지를 발견하였다. 잎 한 장 달지 않고 붉디붉은 꽃무릇이 무더기로 피어 있었다. 꽃은 잎을 못 보고 잎은 꽃을 못 만나는 꽃이라고 할머니는 집 안에 못 심게 하였다. 아름드리 소나무가 빽빽한 청솔밭을 지나니 풋풋하고 싱그러운 솔향이 콧속에 스며들었다. 소나무 새 가지가 쭉쭉 뻗어 나가고 앙증맞은 연둣빛 새끼 솔방울들이 여기저기 달려 있었으며 발밑에는 떨어진 늙은 솔방울과 갈비들이 즐비하니 땅을 덮고 있었다. 사리풀 언덕을 넘어가자 억새밭이 나타났는데 땅이 기름진지 시퍼런 억새들이 곁에 가면 베일 것 같았다. 은은하게 산초 향 풍기는 산초나무, 낙엽송 우거진 계곡을 지나면서 산세도 유심히 살피고, 주위도 눈여겨보건만 특별히 시야에 잡히는 게 없었다. 도둑 가시풀은 산속 어디라도 없는 데가 없이 성성하여 등산바지에 찍찍 달라붙었다. 걸을 때마다 다리가 따끔거리지만 떼 봐야 또 달라붙으니 그냥 걸었다. 한발 뒤처져 오던 현식이 손뼉을 쳤다.

문호야, 우리 저번 그곳에 가서 꿀 좀 얻어먹자. 영양 보충하게.

주인이 어디 있다고 꿀을 얻어먹어?

야 인마, 꿀 주인은 바로 꿀벌 아이가.

말도 안 돼. 벌한테 잘못 쏘이면 퉁퉁 붓고 큰일나거든.

사내자식이 겁은 많아서. 꿀집 조금만 떼 올게.

무식하면 용감하다더니 너 벌통 몰라서 그러는구나.

말려도 현식은 나무들 사이로 앞서 걸어갔다. 지난번 그 자리다. 현식은 배낭에서 비옷을 꺼내 입고 모자를 푹 눌러쓰고 코팅 장갑을 꼈다. 그러고는 도시락 그릇을 들고 살금살금 벌통 쪽으로 접근해 갔다. 현식이 양귀비 고랑 사이를 지나 직사각형으로 된 나무 벌통 가까이 가서 조심스레 벌통 뚜껑을 조금 드는 순간, 날카로운 비명에 문호는 깜짝 놀랐다. 대체 어디에 있다 나타났는지 여자 하나가 비명을 지르며 이리 뛰고 저리 뛰었기 때문이다. 현식도 얼마나 놀랐는지 뒤로 벌렁 나자빠졌다. 키가 작은 여자 손에는 기다란 대나무 장대가 쥐어져 있었다. 그리고 아차 하는 순간 여자는 그 장대로 놀라 넘어진 현식에게 달려들어 두들겨 패기 시작했다. 너무도 순식간의 일이라 문호는 말도 나오지 않고 본능적으로 숲속으로 몸을 숨겼다.

아이고! 아줌마 잠깐 내 말 좀 들어보소! 아이고!

넘어졌던 현식이 벌떡 일어나 장대를 피하려고 이리 달아났다, 저리 달아났다, 양귀비꽃을 밟으며 어쩔 줄 몰라 했다. 그러나 그것도 잠깐, 조금 열린 벌집에서 벌들이 줄지어 나오기 시작했다. 현식은 걸음아 나 살려라, 하고 산 아래로 달아나기 시작했다. 줄줄 미끄러지듯 급하게 달아나던 현식이 산비탈에서 데구루루 굴러가는 걸 보고 문호는 눈앞이 캄캄했다. 현식이 다치면 어쩌나! 많이 다치면 어쩌나? 여긴 섬인데. 문호는 배낭 하나는 메고 하나는 끌어안고 그 여자의 눈을 피해 나무들 사이로 몸을 숨겨가며 현식이 굴러간 산 아래로 쫓았으나 마음만 다급할 때 벌들이 사방에서 윙윙거리는 바람에 엉겁결에 산자락을 미끄럼 타듯 쭈르륵쭈르륵 굴러 내려갔다. 그러다 고목 등걸에 걸렸는지 바지가 쭉 찢어지는 듯했다.

오 마이 갓!

그들은 정말이지 대밭을 의심하지 않았다. 산속에 하늘을 가리는 이런 울울한 왕대밭도 있구나 하고 예사로 지나갔었다. 왕대밭은 거의 반듯하게 직사각형이었다. 그 옆으로 언덕이 있었다. 온갖 잡풀들이 제멋대로 자라나 있는 둔덕인데, 눈여겨 살펴보니 대밭과 언덕의 높이도 비슷하고 대나무가 하도 무성해서 달라 보이는 듯해도 그 길이도 비슷해 보였다. 벌통이나 양귀비꽃은 주위에 보이지도 않았다. 문호와 현식은 저번 사건 이후 아무래도 미심쩍어 오늘 그 주위를 배회하고 있었다. 쭉쭉 하늘을 찌를 듯 곧게 자란 푸른 대나무들이 엄청 굵었다. 별로 쳐내지 않았는지 청대들이 빽빽하였다. 대들은 대숲을 지나는 작은 바람에도 댓잎을 세우며 쉬쉬ㅡ, 하는 소리와 쇄쇄ㅡ, 하는 바람 소리를 내었다. 하늘로 치솟은 왕대의 시퍼런 잎사귀와 새끼 대들의 연두색 고운 새잎들이 미풍의 바람에 가볍게 살랑이기도 하였다. 대밭 여기저기 크고 작은 죽순들은 갈색의 고깔을 덮어쓰고 쑥쑥 올라오고 있었다. 실하게 굵은 죽순들이 많았다. 그리고 일찍이 대마디가 생긴 새 대들도 많이 보였다. 대밭은 제법 길고 반듯하게 이어졌는데 저쪽 대밭 끝으로는 키가 작은 조릿대들이 들쭉날쭉 제멋대로 뻗어 있었다. 저번 벌통의 주인 그 여자는 산속 어딘가에 사는 걸까? 아니면 방목한 염소 데리러 대항마을에서 올라온 아낙네인가? 오늘은 방학을 맞아 서울서 내려온 친구 하석주도 따라왔다. 고등학교 동창인 친구다. 그들은 어쩐지 좀 불안한 마음에 그 부근 일대를 숨죽여 살폈다. 그리고 살금살금 대나무 숲에 몸을 숨겨가며 주위를 둘러보았다. 대나무들은 바람에 흔들리며 쉬쉬 소리를 내었다. 오래된 대밭엔 떨어진 댓잎들이 거멓게 퇴색되어 발목이 푹푹 빠질 정도로 수북이 쌓여 있었다. 대밭은 칠월 불볕더위에도 음산한 한기가 서려 있었다. 대밭을 빠져나와 듬성듬성한 돌무덤 사이를 지나는데 굵은 뱀과 새끼 뱀들이 나타나 그들은 화들짝 놀랐다. 기분 나쁘게 징그러운 녀석들은 갈라진 혀를 날름거리며 돌무덤 사이를 유유히 기어 다녔다. 문호는 배낭에서 곤충퇴치 분무 약을 꺼내 등산화와 옷에 뿌리고 현식과 석주의 등산화와 팔다리에도 흠뻑 뿌려 주었다. 천천히 돌무덤을 지나 대밭 아랫길을 나오는데 앞서가던 현식이 멈칫했다. 문호가 어깨너머로 살펴보니 큰 뱀 한 마리가 그들의 좁은 앞길을 떡하니 가로막고 있는 게 아닌가. 현식이 등산스틱을 휘휘 내두르며 쫓아도 비킬 생각을 않았다. 대가리를 꼿꼿이 들고서. 뱀은 한 마리가 아니고 두 마리였다.

독사? 구렁이?

몰라, 징그러워!

그들은 얼른 뒤로 물러나 돌을 주웠다. 제법 큰 돌멩이를 주웠다. 현식이 뱀을 향해 돌멩이를 날렸다. 딱! 뱀 대가리에 정통으로 맞았다. 뱀이 순간 비틀했다. 문호도 다른 뱀을 향해 돌을 던졌다. 정확하게 맞았다. 뱀 대가리가 꺼꾸러졌다.

에잇 재수 없어!

석주가 돌무덤에서 커다란 돌을 주워 뱀을 향해 힘껏 던졌다.

팅—.

순간 소리의 여운에 문호는 제 귀를 의심했다. 던진 큰 돌은 뱀을 빗나가 대밭 옆구리를 때렸는데 팅—, 하는 소리가 땅이 아닌 무슨 금속성에 부딪혀 여운이 나는 소리가 아닌가. 문호는 재빨리 큼직한 돌한 개를 주워 와 금방 석주가 던진 그 자리를 겨냥하고 힘껏 던졌다. 티잉—, 문호와 현식의 눈이 마주쳤다. 눈길에 불꽃이 튀었다.

파보자!

석주가 나뭇가지를 꺾어서 죽은 뱀들을 산 아래로 던져버리고 그들은 팅 소리가 난 그곳을 파기 시작하였다. 야전삽으로 땅을 파고 그 주위도 헤집기 시작했다. 왕성하게 뻗은 잡풀들을 뽑아내고 심하게 엉긴 대나무 뿌리들을 얼마쯤이나 제거하고 헤집어 보니, 둥그런 구멍이 나타났다. 오랜 세월에 누렇다 못해 거멓게 녹이 슬었는데 좀 전의 그 돌멩이 세례에 철삿줄 몇 가닥 끊어져 있지 않은가. 그리고 철사 안쪽엔 촘촘히 엮은 환기통 같은 게 나타났다. 문호는 숨이 멎는 듯했다. 현식도 석주도 침을 꿀꺽 삼켰다.

뭔가 냄새가 난다, 야!

땀을 뻘뻘 흘리며 그곳을 파기 시작한 후, 드디어 그 환기통 주위로 단단한 붉은 벽돌이 조금씩 조금씩 드러났다. 벽돌들은 계속해서 대밭 아래로 이어져 있었다. 문호는 심장이 쿵덕쿵덕 뛰기 시작했다. 무언가 있는가 보다. 그들은 땅파기를 중단하고는 그곳을 나뭇가지와 돌들로 본래대로 덮어두었다. 그들은 어딘가에 있을 출구를 찾기 시작했다. 대나무 주위는 물론 그 근방을 돌고 돌았다. 언덕 부근도 세세히 살폈다. 그들이 그 부근을 돌아다니며 얼마나 살폈을까, 나무들이 우거진 곳에서 치렁치렁한 칡덩굴과 담쟁이가 뒤덮은 초라한 움막을 발견했다. 칡덩굴로 인해 오두막이 잘 보이지 않았다. 감쪽같은 위장이었다. 칡넝쿨을 헤치며 입구를 찾았다. 검은색 페인트칠이 된 작은 문짝을 발견하였다. 다시금 주위를 둘러보았다. 인적이 없었다. 적막 그대로다.

문 열어보자!

그래, 열어보자!

시골집 사립문처럼 잠기지 않은 나무문을 조심스레 당기자 열렸다. 컴컴한 어둠이다. 이윽고 사물이 눈에 조금씩 들어오자 초라한 식기들이 눈에 띄었다. 조그만 알루미늄 솥이 있고 휴대용 가스버너에 손잡이가 달린 작은 냄비가 얹혀 있었다.

그 여자네 집인가?

허술한 작은 방문이 있어 조심스레 여니 한구석에 보라색 캐시밀론 이불이 있고 벽에 허접스러운 여자 옷가지들이 걸려 있었다.

살림집이네. 우리 그만 나가자.

남의 집에 막 들어와서 주인 오면 멱살 잡히겠다.

응 그래 나가자.

부엌에 서서 방안을 둘러보고 나가려는데, 문호의 눈에 아랫목 이불이 반듯하지 않고 좀 떠 있는 것이 그쪽 방바닥이 이상해 보였다. 캐시밀론 이불로 가리긴 했어도 방바닥에 이상한 틈새가 눈에 띄었다.

잠깐만, 저기가 좀 이상해!

문호는 재빨리 등산화를 벗고 방으로 들어가 이불을 제쳤다. 그러자 그곳에는 납작한 손잡이가 달린 나무판이 나왔다. 손잡이를 잡고 두꺼운 나무판자를 들어 올리자 난데없이 아래로 내려가는 나무 계단이 나타났다. 어두운 계단이었다.

야! 여기 아래로 내려가는 계단이 있다! 와 봐.

뭐, 뭐라고?

현식과 석주가 들어오고 그들은 얼굴을 마주보았다.

내려가 보자!

그들은 등산화를 들고서 삐걱거리는 나무 계단을 밟으며 조심스레 어두운 아래로 내려갔는데 그것은 뜻밖에도 지하로 내려가는 통로였다. 문호는 순간 두려움이 일어났다. 차례로 조심스레 계단을 내려가니 엉뚱하게 반듯한 건물이 그들 앞에 보였다. 건물 위쪽은 흙에 덮여 시커멓게 이끼가 뒤덮여 있었고 앞뒤로 온갖 줄기 덩굴과 잡풀들이 뒤엉켜 마치 산속에 버려진 큰 무덤처럼 보였지만 건물이었다. 그러고 보니 조금 비켜나긴 했지만 바로 건물 위쪽이 왕대밭이 아닌가.

야, 여기 위가 대밭 아니야?

그래 맞아. 여기가 대밭 아래야!

뭔가 있어. 찾아보자!

그들은 눈짓을 교환하며 음흉한 미소를 지었다. 문호는 두근거리는 가슴을 안고 침착해지려고 마음을 다잡았다. 할아버지가 가리킨 곳이 어쩜 이곳인가? 아닌가? 어쨌든 대밭 아래 지하에 이런 번듯한 건물이 있을 줄이야 놀라지 않을 수 없었다. 그들은 너무 놀라 입을 손으로 틀어막았다. 칡덩굴 늘어진 입구 벽은 벽돌이었고 출입문은 검은 칠을 한 철판으로 미처 잠그지 않은 커다란 열쇠가 달려 있었다. 찍―, 조심스레 철문을 열었다. 캄캄한 어둠이다. 플래시를 비추었다. 빈방이었다. 빈방이었지만 어딘가 사람이 머물렀던 훈기 같은 게 느껴졌다. 입구 왼쪽에 종이상자가 수북하게 재여 있었다. 말린 산채 약재들이 있는지 한약 냄새가 났다. 그러고 보니 상자 옆으로 마른 나무뿌리들이 수북하니 쟁여 있었다. 한편에 야외용 접이식 침대도 놓여 있었다. 그렇다면 누군가 여기에 살고 있는 게 아닌가. 대체 누가 사는 것일까? 그럼 지금 주인은, 주인이 잠깐 집을 비운 사이인가. 한쪽 벽에는 말린 고사리가 양파망에 담겨 못에 걸려 있다. 도대체 누가 언제 이렇게 큰 지하 창고 같은 건물을 이 깊은 산속에 만들었을까? 어둠 속에서 눈길이 마주쳤다.

한약 냄새 나지?

들어가 보자!

그들은 창고 건물 안으로 들어갔다.

야, 이거 굉장한데, 큰 강의실만 하지?

산속에 무슨 이렇게나 큰 창고가 필요하지? 아주 오래된 건물 같은데 이상한데?

혹시 방공호 아닐까? 폭격에 대비한 지하 방공호.

그럼 옛날 일제강점기 때 지은 건물?

문호는 문득 할아버지와 지하 방공호가 틀림없이 관련이 있다고 생각되었다. 두근두근 가슴이 뛰기 시작했다. 플래시로 이리저리 비추니 입구 맞은쪽에 미닫이가 보였다. 그들은 점차 흥분되었다. 나무 미닫이문은 잘 열리지 않았다. 그들은 낑낑대면서 한 사람이 들어갈 만큼만 겨우 열었다. 문호가 먼저 문턱을 넘어가고 형식과 석주가 넘어왔다. 그리고 셋이서 플래시로 구석구석 비춰도 잘 알 수 없었다. 다만 저기 좌편 구석 한쪽으로 커다란 나무통들이 포개져 있는 게 보였다. 환기통으로 들어오는 한 줄기 빛에 비친 창고 바닥은 마른 나뭇잎들이 저벅저벅 깔려 있었다. 그곳은 문을 열 때부터 비릿한 냄새가 코를 찔렀는데, 퀴퀴한 냄새와 더불어 속이 뒤틀렸다. 플래시로 이리저리 비추니 입구 맞은쪽에 판자로 둘러막은 철사 칸막이가 보였다. 조심스레 다가갔다.

우와! 저게 뭐지?

이 고약한 냄새는?

구석 나무판자 가까이 가 철사 울타리를 플래시로 비추었는데 그들은 똑같이 으악! 소리를 지르며 뒤로 물러났다. 철조망 안에는 뱀, 뱀들이 우글우글 있었다. 뱀 소굴이었다. 뱀들이 빠져나갈 수 없는 촘촘한 철망이 사방으로 쳐 있고 양옆은 판자로 막아놓았다. 크고 작은 무수한 뱀들이 두 군데로 나뉘어 서로 뒤엉켜 바닥과 벽에 나뒹굴고 있지 않은가. 전신에 소름이 쫙 돋았다. 갑작스러운 불빛에 저들도 놀란 양 고개를 치켜들고 혀를 날름거리며 기다란 몸을 재빠르게 움직이기 시작했다.

어유 냄새야! 새끼들 뱀 장사인가?

아이고! 뱀 집합소야! 독사하고 두 종류로 나누었나?

야 나가자. 난 못 보겠다!

석주가 코를 막고 소리쳤다. 비릿한 냄새에 구토가 확 올라왔다. 문호도 빨리 나가야겠다고 생각하고 뱀들이 기어 다니는 저기 안쪽을 다시 플래시로 비추니 뭔가 보였다. 맨 구석 쪽에 짚으로 짠 옛날 가마니들이 수북이 포개져 있는 게 보였다.

저거는 옛날 가마닌데, 옛날 가마니가 왜 저기에 저리 많을까?

뱀들 올라가서 자는 침대구먼, 침대!

현식이 투덜거렸다. 그도 코와 입을 막은 코맹맹이 소리로 외쳤다.

야, 그만 나가자! 난 못 있겠다.

그래그래 조심해. 먼저 나가라. 나도 금방 나갈게.

석주가 먼저 나가고 현식도 참지 못해 나갔다. 문호는 눈덩이처럼 커지는 의구심에 머리가 어지러웠다. 닫힌 문 저쪽에서 무슨 툭탁거리는 소리가 들리는 듯했으나 문호는 이어진 다음 칸에는 무엇이 또 있을까 하는 의문에 튼튼하고 두꺼운 시멘트벽을 바라보았다. 플래시를 비추니 작은 철문이 있고 커다란 열쇠가 채워져 있었다. 지하 방공호가 계속 이어지는 것이 아무래도 수상하지 않을 수 없었다. 분명히 이상하고 뭔가 있다는 느낌이 들었다. 그러나 속이 뒤틀리고 주인이 불쑥 나타날 것 같은 불안에 일단 나가기로 했다. 조심조심 그곳을 나와 겨우 미닫이를 끌어 닫고 접이식 침대가 있는 창고에서 문밖으로 한 발 나가는데 차가운 무엇이 이마에 서늘히 와 닿았다. 문호는 눈앞이 아찔했다. 죽는구나, 하고 가슴이 쿵 내려앉고 와들와들 떨렸다. 처다보진 못해도 권총 같았다. 눈앞에 번쩍 불이 났다. 얼굴이 터져 나가는 듯했다. 다음 순간 플래시를 들고 있는 오른손이 사정없이 걷어차였다. 플래시는 어디로 날아가고 문호는 오른손 뼈가 다 부러진 듯 너무 아파 비명을 지르며 그대로 푹 꼬꾸라지고 말았다. 어둑한 주위에서 저만치 현식과 석주가 뻗어 있는 것이 얼핏 보였다.

이 새끼들! 허 참! 여기가 어디라고 감히, 야 이 새끼, 맛 좀 봐라!

검은 복면의 사내가 거칠게 씩씩대며 문호의 멱살을 잡아끌어 일으켰다.

야 인마, 일어나! 어디서 엄살 피우고 지랄이야! 집구석에 가만히 처박혀 있을 일이지 어디를 끼어들어 끼어들길, 이 새끼 죽기 전에 실컷 맛 좀 봐라!

사내는 권총을 허리에 차고 문호를 구타하기 시작했다. 사정없이 차고 때리는 사내에게서 문호는 도망은커녕 대항 한 번 못하고 두들겨 맞느라 윽, 윽, 하고 비명만 지를 뿐이었다. 어디를 어떻게 두들겨 맞는지 왜 이토록 맞는지도 알 수 없었다. 그 와중에도 친구들 걱정이 앞

섰다. 자꾸만 가물가물해지는 의식 속에서 그는 친구들을 부르려 아무리 용을 써도 말이 나오질 않았다.

문호야! 문호야!

누가 자꾸 부른다. 애타게 부르는 소리에 거우 눈을 떴다. 눈앞이 캄캄하다. 다시 눈을 감았다가 억지로 떴다. 그냥 눈앞이 캄캄하다. 아무런 생각이 없다. 아니 의식이 없다. 내가 지금 뭐 하는 거야? 어? 내 눈이 멀었나? 안 보여. 왜 안 보여? 여기가 어디야? 꿈속인가? 왜 이렇게 아무것도 안 보이지? 이윽고 그는 머리가 깨지는 통증을 느끼며 몸부림을 쳤다. 그런데 몸이 꼼짝을 않는다. 이상하다. 가슴과 어깻죽지가 빠지는 듯했다. 아픈 곳은 접어두고라도 일어날 수조차 없었다. 한참 만에야 어슴푸레 뭔가 조금씩 보이기 시작했다. 어둠 속의 사물이 눈에 들어온다. 눈이 먼 게 아니구나. 맙소사 그의 눈앞에 현식과 석주의 일그러진 얼굴이 보였다. 아! 아!

문호야! 이제 정신이 드냐?

휴, 인마 너 안 깨어나 죽는 줄 알았다!

현식과 석주의 낮은 목소리가 덜덜 떨렸다.

너 꼼짝 못 하겠지? 우리 다 손 묶여 있어.

내가 먼저 나와서 계단 오르려다 그 자리에서 죽는 줄 알았다니까.

참말로 우리 지금 죽은 것은 아니지?

설마, 죽은 사람이 이렇게 말을 할까. 우리 갇혔어.

죽어서 귀신끼리 말하는 건 아니겠지? 응?

또다시 핑그르르 눈앞이 캄캄했다. 이 일을 어쩐다? 나 때문에 친구들까지.

복면의 남자지?

맞느라 제대로 못 봤어.

키 작달막한 새끼지? 우리 배낭도 다 뺏겼어. 석주 휴대용 라디오도 뺏겼어.

그들은 첫 번째 지하실에 끌려와 갇혀 있었다. 문호는 폭행당한 전신이 너무 아파 자꾸만 신음이 나오려는 걸 이를 악물고 참았다. 소변을 지렸는지 아랫도리가 축축하다. 아! 할머니 우리 지금 큰일 났어요. 어머니, 아버지! 그들은 두려움과 공포에 치를 떨었다. 문호가 밧줄에 묶인 손목을 보니 시계가 깨지고 가죽 시곗줄만 손목에 남았다. 두들겨 맞을 때 시계도 깨졌나 보다. 꽤 오랜 시간이 지난 듯하다.

갑자기 철커덕 소리가 나면서 철문이 열리고 키 작은 검은 복면의 사내와 검은 운동복 차림의 선글라스를 쓴 바짝 마른 체구의 키 큰 사내가 들어왔다. 환기통의 빛과 열린 문으로 조각난 빛에 사내들이 보였다. 그들은 엉거주춤 몸을 일으켰다. 두려움과 불안에 몸이 자꾸 떨렸다. 복면의 사내가 선글라스에게 깍듯했다.

아저씨 우리 물 좀 주세요!

애들이 아직 정신 못 차리고 있네. 새끼들아 똑바로 안 서!

키 큰 사내가 그들을 째려보다 복면의 사내에게 낮은 소리로 뭐라고 하였다.

너희들 무슨 관계야? 이 산에 왜 온 거야? 정직하게 대답해!

저희는 학교 친구로 등산 왔습니다.

문호가 얼른 대답하자 복면의 사내가 코웃음을 지었다.

이 새끼들이 여기가 어딘 줄 모르고 아직 만사태평이네.

복면의 사내가 키 큰 사내에게 귓속말로 뭐라고 말하자 그 사내는 고개를 세차게 저었다. 선글라스가 작은 소리로 뭔가를 묻자 복면의 사내가 저쪽 뱀 방을 가리켰다. 그들이 뱀 방까지 갔다는 대답인지 사내의 입이 찡그러지며 불쾌한 기색이 역력했다.

코노 바카야로! (이 바보 망할 자식아!)

순식간에 선글라스 주먹이 복면 사내의 얼굴을 가격했다. 복면의 사내가 순간 비틀했다. 그러나 금방 키 큰 사내 앞에 부동자세를 취했다. 그러자 이번에는 복면 사내의 정강이를 사정없이 걷어찼다. 사내는 억! 하며 무릎이 꺾였지만 바로 일어나 키 큰 사내 앞에서 차렷 자세다.

빠가야로! (바보 새끼)

하이!

캉코쿠징 코이누야로 시네! (한국 개새끼들 죽여 버려!)

하이!

화가 잔뜩 난 듯 키 큰 사내는 문을 박차고 나가버렸다. 복면의 사내가 걷어차인 무릎을 어루만지다 화가 치민 듯 이를 갈며 그들에게로 다가왔다. 그들은 완전히 얼어버렸다.

야! 이 새끼들아, 주제를 좀 알아야지 주제를, 이 새끼들이 간땡이가 부어서 지랄이야! 자식들이 겁도 없이 들어왔구먼. 여기서 니들 셋 다 죽어도 쥐도 새도 몰라, 부엉이도 몰라, 아무도 몰라!

잘못했습니다. 다신 안 올게요. 용서해주세요!

새끼들이 말이 많네. 내가 정신 번쩍 들게 해주지.

사내는 벌벌 떨고 있는 그들 앞으로 다가왔다. 그러고는 날렵한 발길질로 그들 셋을 탁탁탁 차례로 갈겼다. 두 손이 묶이고 허기지고 얼이 빠진 그들은 단 한방에 앞으로 옆으로 꼬꾸라졌다. 문호는 어깻죽지가 빠지는 듯했다. 현식도 석주도 윽, 하며 신음을 토하고 있었다.

야! 새끼들아 니들 뭣 하러 여기 왔어? 왜 여기를 기어들어 와? 이 실직고해.

정말 등산 왔습니다. 친구들하고.

문호의 대답이 미처 끝나기도 전에 다시 발길질이 날아왔다.

새끼들이 거짓부렁을, 니들 몇 번이나 배 타고 들어왔는지 내가 다 세고 있는데.

사내가 문호의 얼굴을 갈겼다. 얼마나 뺨을 세게 때렸는지 입이 다 물어지지 않고 턱이 빠진 듯 얼얼하였다. 입안이 짭짤한 게 피가 나는 것일까?

여긴 아무도 못 들어온다. 우리 사업을 방해하는 인간은 하늘 아래 살려두지 못해. 야 새끼들아! 이 삼복더위에 계집애들이랑 바닷가에 가서 자빠져 놀지 무슨 냄새 맡고 여기를 와? 나 원 참, 하룻강아지 범 무서운 줄 모른다고, 니들 여기서 호강 좀 해라. 잉!

복면 사내의 무서운 폭행이 다시 시작되었고 그들은 무지막지한 발길질에 벌벌 떨기 시작했다. 문호는 말문이 막히고 기가 찼다. 자신은 물론 친구들까지 자칫 죽일 것 같아 자신의 신중하지 못했던 행동이 후회막급이었다. 급소를 맞는 아픔보다 더한 아찔한 절망감이 몰려왔다.

쥐새끼들! 바른말 할 때까지 감금이야. 누가 보내서 왔지? 끄나풀이지. 내 손에서 좋게 안 되면 공갈이 아니고 니들 목숨 난 몰라. 사람 목숨을 파리 목숨쯤으로 아는 자들이 있지. 내일 아니면 글쎄, 언제 저쪽 뱀들을 풀어버릴지도 몰라. 독사도 있거든 후후.

그들은 너무도 어이없고 기가 차서 할 말을 잃었다. 큰일이다. 그들은 지하에 그대로 갇히고 말았다. 꼼짝을 못할 처지이다. 살펴보니 사방은 온통 벽돌 벽이고 벽엔 환기통 몇 개뿐이다. 문이라곤 뱀 창고 문 말고는 그들이 갇힌 철문인데 사내가 매타작하고 나가면서 밖에서 자물쇠로 철커덩 채웠으니 아무리 궁리해도 묘책이 안 나왔다. 뱀 창고에서 나가는 문은 저들이 막았는지 꿈쩍 않았다. 사내가 정말로 뱀들을 풀까? 독사! 공포에 으스스 전신이 떨린다. 셋이 정말 쥐도 새도 모르게 여기서 죽는 것일까. 그 일본인은 보기만 해도 소름 끼쳤지. 온몸이 터지고 뼈가 아픈 건 문제가 아니다. 얻어터진 아픔보다 무서움과 죽음의 두려움이 그들을 엄습해왔다.

우리를 무슨 스파이로 아나 봐. 설마 뱀들을 풀지는 않겠지?

겁만 주자는 협박은 아닌 것 같다. 좌우지간 우린 위험해.

사방 벽돌에 갇혀서, 우리가 스파이더맨도 아니고.

선글라스가 일본인 두목인가? 손때 맵지? 뭐라고 신경질 냈을까?

일본어를 알아야지. 고등학교 때 제2 외국어 독일어 했잖아.

독일어는 잘 아시고?

야, 지금 농담할 때야? 죽느냐 사느냐 갈림길인데!

야, 우리 2년 마치고 군대도 가야 하는데 못 가는 것 아냐?

설마, 문호야 네 할배는 왜 가덕이라고 적으셨을까?

가덕은 여기가 가덕도인데 왜 여길 찍었는지는 나도 모른다. 내가 잘못해서 너무 미안해. 너희 배고프지? 어쩌누?

우선 결박부터 풀자. 니들 손 내밀어 봐.

그들이 묶인 손을 풀고 있을 때 위쪽에서 여자의 비명이 들렸다. 남자의 욕지거리도 들려왔다.

등신. 등신! 죽어라! 그만 뒤지란 말이야!

철문이 닫혀 잘 들리지 않지만 목소리가 아까 복면의 사내 같다. 얼마나 얻어맞는지 여자의 자지러지는 비명과 울음이 들려왔다.

나가! 보기 싫어! 병신아 못 나가! 제발 뒈져버려! 어휴 징글징글 죽겠네!

표독스러운 고함이 어둠을 갈라놓고 여자의 비명이 산속을 적셨다. 계속 때리는지 여자의 처절한 비명과 울음은 그 밤에 간헐적으로 들려왔다.

그 새끼가 일본인한테 맞은 분풀이로 여자를 때려잡고 있나보다.

우리를 그만치 때렸으면 됐지 여자까지 죽이는 건가? 새끼가 악마다!

절망처럼 짙은 어둠이 몰려오는 가운데 그들은 사지가 풀려버렸다. 죽음 같은 늪이었다. 문호는 무모한 자신의 행동을 후회했다. 새삼 할머니의 당부가 가슴을 찔렀다. 큰일은 팔자라 하더라만 우짜든지 니 목숨 니가 지켜야 하느니라!

아침인가보다. 그들은 밤새 끙끙 앓다가 환기통을 통해 들어오는 한 줄기 여명에 눈을 떴다. 어둠에 차차 눈이 익었다. 석주가 갈비뼈를 다쳤는지 가슴을 끌어안고 엉금엉금 기어가 철문을 세게 두들겼다. 목소리에 힘이 없다.

아저씨! 아저씨! 물 좀 주세요. 물! 목말라 죽겠어요. 예?

아저씨 밥 좀 주십시오! 너무 배고파요!

그들은 차가운 철문에 달라붙어 문을 쾅쾅 뚜드리고 또 뚜드렸다. 그러나 밖에선 기척 하나 없었다. 굶겨 죽이려나? 한참이 지나서야 삐걱삐걱 나무 계단 내려오는 소리가 가까워지더니 자박자박 걸어오는 발소리가 났다. 누굴까? 문호도 현식도 석주도 철문에 달라붙었다. 잠시 후 철커덕하며 문이 열리는 게 아니라, 삼 분의 일쯤의 상단 개폐문이 덜커덩 내려오면서 주전자 하나가 디밀어졌다. 현식이 재빨리 주전자를 낚아챘다. 순간 밖에서 들어오는 한 줄기 빛에 얼핏 본 얼굴, 수건을 덮어쓴 작은 얼굴 하나. 아악! 문호는 두 손으로 머리를 감쌌다. 덜커덩 개폐문은 다시 닫혔다. 현식과 석주가 차례로 물을 벌컥벌컥 들이켜고는 문호에게 주전자를 내밀었다. 문호는 남은 물을 죄다 마시고는 주전자를 팽개쳐버렸다. 아, 누구더라? 누구더라? 정말 많이 본 얼굴인데, 아 미치겠네. 여자, 여잔데, 그 얼굴이 가물가물하다. 문호는 자신의 머리를 때렸다. 이렇게 기억이 안 날 수 있을까, 그 새끼한 테 너무 맞아 머리가 어떻게 된 걸까? 미치고 환장할 것 같았다. 문호 의 비명에 현식과 석주가 걱정이다.

문호야, 너 머리 많이 아프냐?

큰일 났다. 좌우지간 이 노릇을 어떡해?

휙휙 시간이 빠르게 되돌아간다. 구름이 바람에 쫓기듯 삼라만상이 정지한 적막 속에 시간이 자꾸만 뒷걸음친다. 깜깜한 어둠 속에서 허 우적거리며 어딘가로 달려가고 있다. 시공을 뛰어넘어 까맣게 잊고 있 던 유년의 시간으로 달려가고 있었다.

시랑아 밥 처먹어라!

아! 뽕이, 뽕이다! 꿈결같이 들려오는 귀에 익은 목소리, 그래 맞다. 뽕이다. 뽕이 저거 미쳤냐? 지가 왜 여기 있냐고! 지가 왜 여기서 나오 냐고? 미치겠네! 뽕이가 왜, 어떻게 여기 있단 말인가? 이 가덕도 깊은 산골에. 뽕이는 시설에 보내졌다고 했는데. 여기가 무슨 장애인 시설 인가. 그럼 뽕이가 잡혀 왔는가. 어떻게 저런 독종한테 걸려서 오지게 맞고 산단 말인가. 표독스럽던 그 소리가 귀청을 파고들었다.

나가! 보기 싫어! 병신아 못 나가! 나가서 제발 뒈져버려! 어휴 징그 러워 꼴도 보기 싫어!

아, 뽕이를 어떡해? 사람들은 알고 있으려나? 뽕이가 저렇게 맞고 사는 것을….

문호는 자신의 의식 안에 있는 유년의 뽕이가 아득하게 느껴졌다.

엄마가 담장 아래 내다 버린 금 간 두 개의 사기 사발에 하얀 이팝 여린 꽃잎을 고봉으로 소복하게 담아 내밀던 작은 손, 냇물 담은 대접 에는 초록 박하 잎 서너 개가 동동 떠 있고 절구통 대신 편편한 돌에 작은 돌멩이로 딸딸 찧은 부추며 쑥, 달래, 나물 반찬들이 감잎에 오물쪼물 놓여 있었다. 결 고운 황토로 만든 도토리묵도 있었다. 싸릿대 분질러 연두 새순 감잎을 쿡 찔러 만든 숟가락이, 두 개 놓인 비료 포대 밥상이 푸짐하였다.

밥은 맨날 와 넘치게 많이 담는데?

울 엄마가 밥 마이마이 먹으라 하제. 밥심으로 산다꼬. 헤헤 은자 다 됐다. 시랑아 밥 처먹어라.

싫어! 내는 너 신랑 절대 안 해!

봉이는 차려진 밥상이 만족스러운지 잇몸이 다 드러나게 활짝 웃으며 그에게 싸릿대 숟가락을 내민다. 그러나 문호가 후다닥 털고 일어나는 바람에 비닐 비료 포대가 끌리어 차려 놓은 밥상이 순식간에 뒤집혀 엉망이 되어버렸다. 얼른 달아나려다 홀랑 뒤집은 밥상이 미안해 그네를 쳐다봤다. 그네는 울지 않는다. 울기는커녕 웃고 있었다.

소꿉만 살면 신랑 각시 하재.

나는 뽕이야 신랑 안 해! 싫단 말이야!

문호는 골딱지가 나서 달아나기 시작했다. 뽕이 옆에 있다가는 정말로 뽕이 신랑 될까 봐 겁이 났다. 튀밥처럼 하얗게 꽃핀 이팝나무 아래서 돌아오라고 애타게 부르는 뽕이 목소리가 봄날처럼 길었다.

개―똥―아! 가―지―마!

뽕이는 저네 엄마 살림살이를 보아선지 툭하면 소꿉질이다. 이팝꽃 흐드러지게 핀 개울가에서, 노르스름한 감꽃이 툭툭 떨어지는 그의 집 뒤란에서 밥상을 차렸다. 뽕이는 감꽃이나 흰 찔레 꽃잎이 넘치도록 고봉밥을 담아놓고 문호에게 신랑이라며 밥 처먹으라고 했다. 그래서 문호는 아이들의 놀림감이 되었다.

개똥이하고 뽕이는 신랑 각시, 신랑 각시!

머리끝까지 화가 난 문호가 잡으러 달려가면 아이들은 메롱, 메롱 하며 달아났다. 또 하나 뽕이가 잘하는 게 있다. 가을날 벼들을 거둬들인 개천가 무논에서 고동을 잘 잡았다. 문호가 서너 개밖에 못 잡아 입이 튀어나와 있으면 슬며시 이끌었다. 뽕이 손이 가리키는 곳 흙을 파면 커다란 고동이 나왔다. 고동을 잡을 때면 뽕이는 의기양양하였다.

뽕이야 니는 우째 그리 고동을 잘 잡노?

내는 딱 보면 안다. 고동 숨은 데가 히히.

뽕이는 문호가 태어나고 유년을 보낸 서낙동강 강변 마을의 여섯 살 많은 이웃 누나다. 이름은 유봉이, 그러나 다들 뽕이라고 불렀다. 키도 몸도 나이를 따라가지 못하고 처졌다. 봉이는 더듬더듬 말이 너무 느렸기 때문에 아이들은 봉이를 바보로 알았다. 아이들은 봉이 말을 끝까지 듣지 않고 두어 마디만 느릿느릿 말하면 그래 알았어, 하고 뒷말을 잘라버렸다. 그래서 봉이는 끝까지 할 줄 아는 말이 하나도 없었다. 엄마 따아지, 하면 봉이 엄마가 봉이를 쥐어박은 줄 안다. 밥, 떡, 나무 등의 머리말만 붙이면 다 알아들었고 수—울—래! 하면 숨

바꼭질한다고 다들 숨어버렸다. 봉이는 허구한 날 술래가 되었다. 아름드리 느티나무에 머리를 대고 눈을 감고서 하나, 두, 세이까지만 세고 중얼중얼 끝내버렸다. 봉이는 숨어버린 아이들을 찾을 줄도 몰랐다. 애들은 뽕이야, 뽕이야, 나 잡아봐라! 하고 놀리고 골려가며 온 동네를 돌았다. 봉이는 잘 웃었다. 이힝, 하고 잇몸이 드러나도록 웃었다. 여하튼 봉이는 언제나 웃는 얼굴이요 평화로운 모습이었다. 그 얼굴에서 걱정이나 불안한 모습은 약에 쓸려도 찾아볼 수 없었다. 동네 사람 누구든 사람만 보면 이힝, 하고 웃으니 상대가 어이없어 허허하고 웃던, 픽 하고 웃던 껄껄 웃게 했다. 아이들은 봉이 눈을 노려보면서 이래도 웃어? 이래도 웃을 거야? 하고 일부러 눈싸움을 걸었지만 이힝, 하고 웃는 봉이를 절대로 이기지 못했다.

봉이 얼굴에는 주근깨가 많았다. 특히 두 뺨에 많았다. 눈썹은 붓으로 점 한번 찍고 간 듯 짤막하게 나 있어 눈썹을 제대로 그린다면 3분의 2는 더 그려 넣어야 할 판이다. 눈은 맑았으나 눈동자를 움직이면 사시가 보인다. 귀, 봉이 귀는 진짜 예쁘다. 조그만 하얀 귀가 앙증스럽게 달려 있다. 귀는 머리카락에 항상 가려 있었으나 봉이가 머리를 흔들거나 머리칼을 쓸어 올리면 발그레한 귀여운 두 귀가 환히 보였다. 머리는 언제나 싹둑싹둑 엄마가 집에서 가위로 잘라주는 사발 단발이다. 봉이 엄마는 점심과 저녁 때면 골목에 나와 언제나 한결같이 소리쳐 불렀다.

뽕이야! 이 가시나가 어디 갔노? 뽕이야 밥 처묵어라!

봉이는 어릴 때부터 허구한 날 동네 꼬맹이들과 동무하더니 나이가 들어도 아이들과 어울렸다. 사시장철 반바지에 헐렁한 티셔츠, 푸른 색 딸딸이 슬리퍼를 끌고 다녔다. 열 살도 넘어 초등학교에 입학하였지만 이내 그만둬 버렸다. 봉이 엄마도 석 달을 봉이 손목 끌고 다니다 포기했다. 봉이 애창곡은 동백아가씨(헤—이—수업시 수만은 밤을 내 가슴 도려내는 아픔에 기워 어마나 우었~던~가— 도백아가씨—)인데 봉이 엄마의 18번이었다. 봉이는 동네 아이들이 할 일 없이 기를 쓰고 가르쳐 줘 욕은 잘했다.

문디 머스마 하냐녀 자녀 문디 가시나 도도녀 지난허네.

누나는 봉이를 거들떠보지도 않았지만 어린 날 문호는 봉이와 참 많이 놀았다. 바로 집 앞 아랫집이 봉이네 집이라 날만 새도 보고 눈만 떠도 보였다.

히히 개—똥—아, 니 내—캉 노오자 잉.

특히 봉이는 문호가 진저리나도록 싫어한 그의 아명을 입에 달고 불렀다. 철이 들고부터 할머니나 엄마가 개똥이라 부르면 대답하지 않았다. 아이들은 개똥에 흔한 소똥까지 붙여 부르며 그를 놀려댔다.

귀한 우리 손주 새끼 우짜든지 명 길고 잘 살라고 내가 지었다. 너 태어나고 월매나 기쁘든지 백일에 두 말 떡을 마실에 돌렸지. 우리 개똥이 많이 불러 달라고.

봉이는 문호의 이름을 꼭 두 번 달아 불러 그를 분개하게 했다.

개—똥—아, 소—똥—아, 이히히히.

봉이는 혀가 짧은지 다른 말은 받침 있는 말이 잘 돌아가지도 않는데 개똥이 소똥이는 잘도 불렀다. 문호가 달아나는 봉이를 붙잡아 등을 때려주어도 소용이 없었다.

뽕이야 죽여 버릴끼다! 맞아 봐 맞아 봐!

봉이는 달아나는 재미에 더 잘 불렀고, 끝내 문호라는 이름은 모르고 개똥이로만 알고 불렀다. 세상에 많고 많은 이름 중에 어디 지을 게 없어 개똥인가. 동사무소 옆에 처음으로 생긴 유아원에 들어가고부터 김문호라는 법적 이름으로 바뀌었다. 그래도 할머니는 급할 땐 그만 개똥이 불렀다. 봉이는 베개를 잘 업고 다녔다. 집에는 한시도 안 붙어있고 천방지축 나돌아다녔다. 어쩌다 봉이 치마라도 입은 날엔 아이들 놀림감이 되었다. 짓궂은 머슴애들이 봉이 치맛자락을 가며 들썩 오며 들썩, 들썩들썩 치켜들어서 봉이 엄마가 싸리비를 들고 다녔다. 봉이 엄마는 치마를 한사코 안 입히려 해도 봉이는 사시장철 입는 몽땅 바지보다 팔랑팔랑 날리는 치마가 좋은지 기를 쓰고 입고 나와, 아이들이 서슬 퍼런 봉이 엄마 눈이 무서워 장난 않고 가만있으면 지가 치마꼬리 잡고 퍽 올렸다 퍽 내렸다 하니 봉이 팬티 안 본 애가 없었다. 할머니나 엄마는 쯧쯧 혀를 차며 뽕이 헝클어진 머리를 빗겨주고 먹을 것을 챙겨주었다. 그러나 여고생 누나는 봉이를 다르게 대하였다. 동정은 금물이었다. 아침저녁 맘대로 들락거리며 세수하고 오라고 하고 말을 끝까지 하라고 일렀다. 그러면 봉이는 귀찮은지 잘 오지 않았다. 선진국에서는 장애아 재활치료도 국가가 해준다는데, 애가 손기술 하나라도 익혀야지 봉이 엄마가 쟤 평생을 돌봐 줄 수 없잖아, 했다. 봉이 엄마는 봉이가 크게 잘못할 때면 꾸중하고서는 곧잘 눈가를 훔치며 탄식했다. 저 웬수 저 웬수! 때로는 사람들 앞에서도 봉이를 걱정하였다.

저 천둥벌거숭이를 우짜겠노? 하루라도, 반나절이라도 내 앞에 저 원수가 죽어야 내가 눈감고 저승이라도 갈 낀데!

봉이는 언니가 셋인데도 아무도 봉이와 놀아주지 않았다. 집안에서 귀찮게 하고 도와준다는 게 사달만 일으키니 밖으로 내보냈다. 그러던 봉이 언니들도 하나둘 시집을 갔기에 이제는 엄마와 단둘이 산다. 골목에도 놀이터에도 봉이는 나타나지 않았다. 할머니가 봉이 집에 가지 말라고 단단히 일렀다. 엄마가 동네 열병이 돌고 있다고 걱정하였다. 문호는 이상하게 심심해졌다. 만날 나와서 술래만 하던 봉이가 나오지 않자 아이들은 궁금해서 봉이 집으로 몰려갔다. 담장에 달라붙어 노래를 불렀다.

뽕—이야! 뽕—이야! 나—와라! 뽕—이야, 노—올—자!

그러나 봉이는 끝내 대답이 없었다. 방문이 벌컥 열리면 봉이 엄마가 눈에 쌍심지를 켜고 돼지 먹따는 소리를 질렀다.

요놈의 새끼들아! 뽕이가 너거 동생이가 동무가? 나이가 몇 살이나 더 묵었는데 만날 뽕이야, 뽕이야, 처부르노. 내가 마 종내기들 손모가지를 분질러 놓을끼다!

아이들은 놀라서 달아났다.

뽕이가 몇 살인데 뽕이 엄마가 화났냐?

우리와 같을 건데, 만날 같이 놀고 키도 작은데 뭐.

거의 한 달 만에 봉이가 나왔는데 통통하던 얼굴이 비쩍 야위었다. 해쓱해진 얼굴에 두 뺨의 주근깨는 여전히 붙어 있었다. 애들은 봉이에게 며칠은 친절하였다. 문호가 담장 아래 소담스레 핀 황매를 꺾어 주자 봉이 눈이 커다랗게 되고 입이 귀에 걸렸다. 여름날 저녁, 봉이는 불 안 꺼진 부지깽이를 가지고 놀다 모기장을 태우고 엄마에게 야단맞고 쫓겨나 마당 평상에서 숙제하는 문호 옆에 털썩 걸터앉았다. 생쑥 타는 모깃불 연기가 모락모락 하얀 박꽃이 핀 외양간 초가지붕으로 올라가는 저녁이었다. 언제나 꼬리를 치며 제일 반기는 흰 진돗개 설이를 안고 멍하니 밤하늘을 바라보던 봉이가 유달리 반짝이는 청동이 별을 가리켰다.

개똥아 내는 저기 저 파란 별이 되고 싶다아. 반짝반짝! 우짜믄 별이 되제?

뽕이는 별이 되어 뭐 하려고 그래?

음, 착한 아이 비추고 나 같은 아이하고 밤새도록 놀아주게.

뽕이도 나도 별이 되기는 애당초 틀렸다. 고마 꿈 깨라.

홀쩍! 봉이가 울고 있다. 만날 웃는 눈에서 눈물이 흐르고 있다.

나 참, 왜 우는데?

별도 몬하고, 공부도 몬하고, 나는 바보야 바보, 어케 살아?

봉이는 엉엉 울음을 터뜨렸다. 문호는 우는 봉이가 숙제하는 데 방해도 되고 솔직히 귀찮기도 했다.

뽕이야, 책에는 착하게 살면 나중에 동아줄 타고 하늘로 올라가 별도 되고 달도 된다고 적혀 있으니 울지 말고 기다려 봐, 응?

개똥아, 덩말? 그럼 나는 설이하고 같이 갈끼다!

책에는 개 데리고 갔다는 말은 없던데.

설이는 나만 조아한께 델꼬 가야제.

봉이는 어느새 눈물을 그치고 설이를 끌어안고 유난히 반짝이는 별들을 언제까지고 올려다봤다. 저 바보! 내가 거짓말하는 줄도 모르고.

봉이는 머리에 곧잘 꽃을 꽂았다. 봉이 머리엔 항상 꽃이 있었다. 이른 봄 노란 개나리부터 진달래, 황매, 복숭아, 살구꽃도 꽂았다. 하얀 찔레꽃, 보리가 누렇게 익어갈 무렵 피기 시작하는 빨간 덩굴장미도 봉이 머리 화관이 되었다. 문호는 봉이가 조롱조롱한 아카시아 흰꽃을 옆머리에 달고 있으면 멀리서도 그 향기를 맡았다. 그럴 때는 싫증 났던 봉이와 다시 친해지기도 하였다. 가을날 꺾으면 금방 시들어지는 코스모스도 머리에 꽂았다. 사람들은 봉이에게 꽃신(化童神)이 내렸는데 봉이가 바보라 신을 받지 못해 신이 노해서 가버렸다고 수군거렸다. 그래서 엄마들은 봉이가 지나가면 꽃보살 가네, 하였다. 언젠가 봉이가 시무룩해서 말했다.

개똥아, 오빠들이 자꾸 내 찌찌 만지고 고추 만진다.

바보, 바보야! 그러면 엄마한테 일러야지.

엄마는 나만 자꾸 때린다. 빙신, 빙신 카면서. 아퍼!

어휴 바보! 나도 몰라!

산천이 연둣빛으로 물든 향긋한 봄날. 봉이가 클로버 찾자고 졸랐다. 투실투실 살이 오른 시퍼런 파밭을 지나, 보리밭 고랑에는 청보리가 쏟아지는 햇살을 먹고 어느새 토실토실 보리가 패고 있었다. 둑길에는 희고 노란 민들레가 하얀 홀씨를 바람에 안겨 멀리 시집보냈다. 초록 물결 자운영 언덕에서 네 잎 클로버를 문호는 다섯 개, 봉이는 한 개도 못 찾았다. 자꾸만 네 잎을 찾는 봉이가 지겨워 다섯 개를 다 주자 돈 많은 부자가 된 듯 잇몸을 드러내며 활짝 웃었다. 가지런한 봉이 이가 예쁘게 보였다. 가느다란 줄기 끝에 달린 클로버 흰 꽃 두 개로 봉이 손가락에 반지도 만들어주고 손목에 팔찌도 만들어주었다. 줄레줄레 엮어서 꽃목걸이도 만들어 목에 걸어주자 봉이는 폴짝폴짝 뛰며 좋아하다 갑자기 문호에게 달려들어 뺨에 입 맞추는 바람에 문호는 놀라 벌렁 뒤로 넘어졌다. 얼른 손으로 뺨을 닦았다. 봉이는 넘어진 그의 곁으로 와 자운영 풀밭에 나란히 드러누웠다.

개똥이가 조아!

봉이는 반듯하게 누워 손뼉을 치며 두 발을 버둥거렸다. 문호는 봉이를 밀어내었다. 문호는 봉이와 신랑 각시 될 마음은 손톱만치도 없었다.

나는 뽕이야 안 좋아.

어캐! 내는 개똥이가 조아.

하늘엔 양털 구름이 피어나고 따사로운 햇살에 아지랑이가 눈이 부시게 아롱대었다. 그들은 삘기를 뽑고 하얀 찔레꽃을 따서 입에 넣어 우적우적 씹었다. 찔레 향기가 입속으로 콧속으로 파고들었다. 모심기 철이다. 낙동강 샛강 물이 철철 흐르고 부지깽이도 거든다는 농사철이다. 집집이 논에 물을 대고 써레질을 하고 모를 심느라 한창 바빴다. 문호가 심부름을 급히 다녀오는데 누군가 강물에서 허우적대고 있었다. 처음에는 자맥질하며 노는 줄 알았는데 검은 머리가 물속으로 잠겼다 나왔다 하더니 몸이 가라앉는 듯하였다. 아이 같았다. 문호는 다급해서 옷을 입은 채 물로 뛰어들었다. 잠수하여 손을 잡고 끌어내려 하자 물속에 늘어졌던 사람이 와락 그의 몸에 달라붙었다. 등뒤로 업히다시피 하며 목을 끌어안는 바람에 문호는 헤엄은커녕 꼼짝도 할 수 없었다. 함께 물속으로 가라앉으며 어푸어푸 물을 들이켰다. 이러다 같이 죽겠다는 무서운 생각이 들었다. 뒤에서 목을 감고 있는 손을 떼려 했으나 떼어지지 않았다. 사력을 다해 팔꿈치로 치며 뒷발로 걷어찼다. 그제야 목을 감은 손이 풀렸다. 물 위로 솟구쳐 올라 가쁜 숨을 들이켜고 다시 잠수하여 늘어진 사람의 머리카락을 잡아 물가로 끌고 나와 보니 뜻밖에도 봉이가 아닌가. 봉이는 둑길에 널브러져 꼼짝을 않았다. 문호는 화가 머리끝까지 났다. 강둑의 노랑 금계국이나 보라색 엉겅퀴꽃 아니면 패랭이꽃을 꺾다 쭈르르 빠졌으리라. 젖은 옷이 달라붙어 봉이 젖가슴이 볼록하게 부풀어 있었다. 하얀 허벅지와 팬티가 홀랑 보여 치마를 끌어 덮어주었다.

에잇, 뽕이야 땜에 돌겠네. 까딱했으면 같이 죽을 뻔했잖아!

그해 여름날 문호는 못 볼 것을 보았다. 성폭행이었다. 어머니와 같이 논의 물꼬를 둘러보고 오는 길이었다. 소 풀이 수북하게 자라 있는 방죽 아래서 잉잉 우는 소리가 들려 멈칫멈칫 가보니 누군가 시퍼런 풀을 베고 대자로 뻗어 있었다. 옷은 홀랑 벗겨져 있고 아랫도리에서는 피가 흘러나와 있었다. 초록 풀잎에 빨간 피! 엄마가 기겁하고 주위를 휘둘러보았다.

아이고 뽕이야! 이 일을 어쩌누? 얘야 정신 차려라. 너는 그만 저리
가렴!

엄마는 급히 문호 눈을 가리며 돌려세운 후, 뽕이에게 달려가 찢어
진 옷을 입히기 시작했다.

어떤 죽일 인간이 애를 이 지경으로! 천벌 받을 놈! 이것아 여기까
지는 왜 왔누? 아무나 따라가면 되냐 안 되냐, 아이고 하느님 맙소사!

뽕이를 일으킨 자리에는 대여섯 포기 명아주 목이 와삭 부러져 있
는 게 보였다. 풀들은 뜨거운 물을 덮어쓴 듯 숨이 죽어 땅에 누웠으
며 작은 보라색 제비꽃들은 무참히 짓이겨졌고 발치의 강아지풀이 바
들바들 떨고 있었다. 노란 달맞이꽃은 꽃잎을 오므린 채 숨을 죽이고
방죽의 하얀 찔레꽃이 향기를 감추어버렸다. 강가에서 개개비가 울고
있었다. 이윽고 뽕이를 추슬러 앞세우고 가는 엄마를 문호는 뒤떨어
져 따라갔다.

잉잉, 아파! 잉잉, 아파!

엄마가 벗어 입힌 연두색 뜨개질 조끼를 작은 키에 걸치고 징징 울
면서 걷는 뽕이의 걸음걸이는 전과는 달리 어기적거렸다.

그날 밤 문호는 악몽을 꾸었다. 호랑이보다 더 무섭게 생긴 짐승이
뽕이를 물어뜯고 있었다. 그네는 피투성이가 되어 살려달라고 비명을
질렀으나 자신은 괴물이 무서워 벌벌 떨고만 있는데 할머니가 깨웠다.
얘가 무슨 흉측한 꿈이라도 꾸었나? 문호가 학교 다니느라 객지 생활
중 집에 오면 바람결 소문에 뽕이가 성폭력당했다는 말도 들리고, 또

임신까지 하여 배가 불러서야 저 엄마가 알고 울며불며 읍내 산부인과에 끌고 갔다는 말도 있었다. 재작년 문호가 대입시를 치르고 집에 갔을 때 골목에서 누가 팔을 툭 쳤다. 돌아보니 봉이었다. 천진난만하던 그 얼굴에도 세월이 입혀져 쓸쓸한 기운이 감돌았다. 봉이 키가 그의 겨드랑이에도 못 미쳤다.

히히히 개똥아, 키가 마이 크다야.

웅, 뽕이 누나!

이상하게 그전처럼 뽕이야, 할 수가 없었다. 여전히 동네 꼬마들 옆을 서성이는 봉이. 지난해 가을인가 아이들 틈에 그네가 안 보이기에 어머니께 물었더니, 위암으로 눈감을 때까지 봉이 걱정에 애달파하던 엄마가 돌아가시고, 봉이는 진주 언니네 갔다고 하였다. 그래서 그냥 잊어버렸는데 그 봉이가 어떻게 여기에 있단 말인가? 그럼 어젯밤 비명을 지르며 울던 여자가 봉이란 말인가? 아! 큰일 났네. 봉이를 어쩐다? 독종들한테 걸렸어. 여기는 안 돼! 문호는 가슴이 생인손 아리듯 아팠다. 밤새도록 머리를 짜내어도 묘책이 안 나왔다. 어쩐지 자신보다 봉이가 더 걱정되었다. 저 봉이를 어떡해? 여기 있으면 봉이는 맞아 죽을 것인데.

그들은 너무도 허기져 기운이 하나도 없었다. 축 늘어져 있다 철문 건드리는 금속성 소리에 번개같이 출입문에 달라붙었다. 철문 상단이 열렸다. 나뭇잎에 싼 주먹밥 세 개를 디밀어 줬다. 문호는 얼른 바깥을 살폈다. 혼자이다. 나무색 몸빼에 후줄근한 초록 스웨터를 입은 여자. 얼굴이 틀림없다. 살이 빠져 광대뼈가 튀어나오고 눈도 움푹 들어

가고 콧등은 죽어 있는 많이 야위고 바스러진 얼굴이다. 그래도 봉이다. 뺨에 목덜미에 벌겋게 손자국이 나 있다. 팔에도 맞은 자국이 선명히 보였다. 아 불쌍한 봉이!

봉이야! 봉이 맞지?

어, 엉?

문호는 음성을 낮추고 철문에 얼굴을 바짝 내밀었다.

봐, 나 모르겠어? 내 얼굴을 봐, 누군지.

여자는 초췌해진 얼굴에 사시 눈을 치뜬다. 아 맞아! 헤벌린 입이며 주근깨가 두 볼을 덮고 있다.

에잇 봉이가 아냐. 뽕—이—야—, 뽕—이—야!

문호는 어린 시절 그때처럼 리듬으로 불렀다. 순간 그녀의 눈이 번쩍 뜨였다.

어, 니, 니는 누구여?

쉬, 시랑아 밥 처먹어라! 개똥아, 니 내캉 노올자!

잉, 시랑? 개똥이? 덩말 개똥이?

봉이의 눈이 솔방울처럼 커졌다. 문호는 작은 소리로 일렀다.

응 개똥이. 뽕이야, 말하믄 절대 안 돼. 어서 가, 입 뚝!

문호는 자신의 입에 손을 덮어 입을 막는 흉내를 보여주었다.

뽕이야, 입 뚝! 말하면 절대 안 돼.

봉이는 얼이 빠진 얼굴로 돌아서더니 철퍼덕 넘어졌다. 봉이는 더 바보스러운 얼굴이 되어 철문을 돌아본다. 정신없이 슬리퍼를 끌며 가는 봉이의 다리, 팔, 목덜미에 시퍼렇게 든 피멍이 보였다. 사내에게 맞고 사는 여자. 누가 이런 흉악한 소굴에 보낸 것일까. 아, 봉이를 어떡해?

야, 그 여자 너 아는 여자야? 응?

현식이 다그쳤다.

응, 우리 동네 이웃 누나야.

인마, 그 여자가 우리 저번 꿀 훔치려다 들켜 마구 때리던 그 여자야.

뭐, 그때 그 여자가 뽕이라고?

문호는 얼굴을 감싸 안았다.

야, 지금 우리 코가 석 잔데 뽕이 걱정하게 생겼냐? 문호야, 그 여자 이용해 우리 좀 빠져나가자.

인마, 뽕이가 우리를 어떻게 구해 주겠어? 또 우리를 구해 주다간 누난 그 자식한테 맞아 죽어. 어젯밤에도 맞았는데.

우리도 살고 누나도 살고. 우리 도망가면서 같이 데리고 가자. 응?

뽕이는 좀 달라. 그런 지각이 없다니까.

적막 같은 시간이 지났다. 무서운 밤, 밤이 왔다. 그자들이 내일은 가만두지 않겠지. 밖에서 달그락달그락 열쇠 만지는 소리가 들렸다. 문호, 현식, 석주는 심장이 멎었다. 누굴까? 봉이가 낮에 주먹밥 세 덩이를 넣어 주었을 뿐이다. 배고프고 무섭고 불안하기 그지없는 길고 긴 하루였다. 조심조심 철문이 열리니 문 앞에 봉이가 서 있었다. 그들은 재빨리 철문을 나왔다. 봉이가 아주 작은 소리로 다급하게 말했다.

개똥아, 어여, 어여 가!

뽕이 누나!

어여 가! 죽어! 죽어!

봉이는 손으로 목을 조르는 흉내를 내었고 두 손을 휘휘 내두르며 그 옛날 볏논의 참새 떼 쫓듯 문호를 사정없이 내몰았다. 봉이는 정신이 하나도 없어 보였다. 다급해서 손짓으로 모자라 발을 굴렀다.

뽕이야, 같이 가?

문호가 재빨리 봉이 손을 잡아끌었다. 그러나 잡힌 손을 기어이 빼버린 봉이의 손이 들들 떨고 있었다.

빨리 가아! 내는 몬가! 여기 덩말 죽는다! 어여 가!

뽕이야, 같이 가!

어여 가 죽어, 죽어! 덩말 죽어!

봉이는 문호의 등을 아프도록 힘껏 팍 밀어내었다. 방으로 오르는 계단이 아닌 산길로 그들을 다급히 내몰았다. 문호는 울컥 목이 메었다. 조그맣게 속삭였다.

뽕이야, 고마워. 데리러 올게. 꼭 올게. 조금만 기다려. 응?

바깥은 칠흑 같은 밤이었다. 그들은 비호같이 지하 벽돌집을 빠져나와 사내에게 들킬까 두려워 어둠 속으로 미친 듯이 산 아래로 줄줄 내려가기 시작했다. 바위에 부딪히고 나무에 걸리고 고목 등걸에 찔려도 다급함에 산길을 주르르 굴러 굴러서 내려갔었다. 옷이 찢어지고 팔다리에 피가 나도 죽어라 도망가야만 했었다. 인가가 있는 해안까지라도. 뭍에 나갈 배도 끊어진 밤, 다친 석주를 끼고 산을 타고 발길을 재촉하였다. 가도 가도 산비탈이었다. 산 아래까지 죽을 둥 살 둥 굴러

내려와 산 위쪽을 보니 별인지 플래시 불빛인지 아주 작은 빛이 캄캄한 어둠 속에서 보일 듯 말 듯 하였다. 그들은 모르고 있었다. 대밭 아래 지하 방공호가 바닷가 해안동굴까지 닿는 비밀통로라는 사실을. 그리고 일당들이 그 밤에 중요 물품들을 챙겨 도망갈 준비를 한다는 사실도 알 리가 없었다. 허겁지겁 겨우 바닷가에 내려온 그들은 너무나 다급한 나머지 포구에 매여진 작은 고깃배를 집어 탔다. 목선이었다. 그들은 저 멀리 반짝이는 불빛을 향해 문호와 현식이 노를 저으며 젖 먹던 힘까지 다하여 밤바다로 나아갔다.

가자, 이 섬을 빨리 벗어나야만 해. 용원 지서를 찾아야 해!

그들은 서툴게 배를 몰다 생쥐 꼴이 되었다. 겨우 선착장에 닿아 고깃배를 매어놓고 지서를 찾아 숨이 턱에 닿도록 달려가 전후 사정을 말했다. 그러나 숙직 경찰은 티브이 뉴스에 눈을 꽂고서 그들의 말을 심드렁하게 들을 뿐이었다.

용원에서 송정 지나 녹산에 삼성자동차 큰 공장이 생긴다고? 우와! 대단한 플랜이긴 한데.

마음이 콩밭에 가 있다. 지서의 당직자는 한 명 뿐이었다.

아저씨! 우리는 지금….

이름 다 적었어. 너희들 큰 사고 쳤어. 가덕에서 고깃배를 훔쳐 타고 왔다고?

어디 봐, 학생들! 가덕에는 왜 자꾸 들어갔지? 이것 봐, 여기 명단이 있구먼. 승선 신고서에 주르르 등산이네. 등산을 밤에 다녀?

가덕도로 등산을 갔다가 산속의 지하 방공호를 발견했고, 괴한들에게 얻어맞아 잡혀 있다가 도망쳤는데, 여자 하나가 죽게 됐다고 전후 사정을 얘기해도 신통치가 않았다.

아, 그 사람들 벌치고, 약초 캐고, 염소 키우는 부부인데 둘 다 좀 그렇지만 별사람 아냐. 산속에 무슨 지하니 방공호야. 어쨌든 서류 다 적고 기다려. 이 밤에 무슨 가덕을 건너간다고. 지서장님 출근하시면 결정할 테니까 알았어? 어휴, 이 꼴통들아!

중년의 대머리 순경은 책상에 발을 올려놓고 의자에 몸을 기대어 티브이 드라마를 보기 시작했다. 어쩔 수가 없었다. 그들은 어쩌면 그자들이 덮칠 것 같아 불안하여 지서의 대기실 소파에 앉아서 밤을 새웠다. 문호는 젖은 옷이 추웠지만, 봉이가 걱정되어 견딜 수가 없었다. 정말이지 누군가를 이렇게 염려해보기는 처음인 것 같았다. 기막히게 매질 잘 하던 그 사내가 봉이를 절대 그냥 두지 않을 것이다. 봉이는 지금 얼마나 얻어맞고 있을까? 같이 오지 못한 게 골백번도 더 후회되었다.

아, 봉이야 조금만 기다려 구하러 갈게. 봉이 구하러 간다고, 나는 지금 변명 같은 소리를 지껄이고 있다. 봉이를 버리고 오다니. 봉이를 이용해서 도망치다니. 나는 결국 나 자신을 위하는 것이 먼저였지 않은가. 옛날 봉이를 성추행한 나쁜 남자들과 무엇이 다른가? 봉이가 정신이 온전한 여자였다면 아마도 나를 외면했을 것이다. 자신의 위험을 무릅쓰고 절대로 우리를 내보내지 않았을 거야. 나는 나쁜 새끼야! 봉이야, 미안해. 온갖 불안한 생각으로 초조히 새벽을 기다리는 마음이 이렇게 가시방석이구나. 살면서 이처럼 고통스럽고 불안했던 적이 없었던 것 같다. 맞는 것보다 더 고통스럽다. 쪽지를 남긴 할아버지도, 그걸 하필 자신에게 보여준 할머니도 원망스럽다. 할아버지는 일제강점기 강제노역으로 끌려가 행방불명이었고 아버지는 남의 나라 월남전에 참전했다가 고엽제로 비참하게 죽었다. 할머니, 왜 내게 그걸 보여주셨어요? 나 때문에 봉이가 죽게 됐어요. 제발 봉이 도와주세요!

그날 밤, 어두운 밤 대항항 서북쪽 해안가에 아무도 모르게 모터보트 한 척이 닿았다. 산속 지하 방공호와 해안동굴에서 옮겨진 물건들을 사내들이 해안가에 정박한 모터보트에 싣고 있었다. 작은 불빛들이 춤을 추었다. 부엉이가 후드득 날아오르고 두견이 우는 밤이었다. 물건을 다 실은 보트는 날렵하게 해안을 빠져나갔다.

이튿날 보고를 들은 젊은 지서장은 엊저녁 숙직을 한 하 순경과 또 한 명을 지서에 남게 하고, 강순경, 문호, 현식, 석주와 함께 배를 타고 가덕도로 건너갔다. 대항 포구에 닿아 산으로 올랐다. 지서장은 난데없는 권총이며 방공호며 양귀비 얘기에 뜨악한 눈치였다. 땀을 뻘뻘 흘리며 산을 올랐다. 풀잎에 맺힌 아침이슬이 바짓가랑이를 함빡 적셨다. 신선한 아침 공기가 폐부 깊숙이 들어오고 녹음이 산 전체를 뒤덮은 칠월의 숲에는 잠자던 새들이 사람들의 기척에 놀라 푸드득푸드덕 날아올랐다. 헐떡대는 그들의 숨소리가 크게 들렸다. 일행들이 대나무 숲을 향해 조심조심 접근하고 있는데 난데없이 마이크 소리가 조용한 청산을 쩡쩡 울렸다.

하하하! 오시느라 수고 많았네. 지금 그 자리서 조금만 더 움직이면 재미없지. 구경 좀 하시지. 하하하!

소름 끼치는 웃음이 메아리 되어 울렸다.

아니, 저 새끼들 뭐야! 죽으려고 환장했나, 미쳤나?

벌꿀 치는 자식들이 아닌데요.

마이크가 또 울렸다.

하하하 니들한테 구경시킬 게 있다. 자, 잘 들어봐라. 이 병신 맛 좀 봐라!

곧이어 여자의 비명이 터져 나왔다.

아악 아악! 아퍼, 어마! 어마! 악! 어마…!

어디를 어떻게 때리는지, 자지러지는 비명이 산속을 쫙 째는 듯했다. 비명은 메아리 되어 아—악—, 하고 더 크게 퍼져 나갔다.

앗! 뽕이다. 뽕이! 저걸 어떡해? 아이고 뽕이 누나!

아아 악—, 아야야! 어마아, 엄마아!

봉이를 나무에라도 매어놓고 말채찍으로 후려치는지 아니면 혁대로 얼마나 세게 때리는지 자지러지는 비명은 계속 터져 나왔다. 문호의 얼굴이 하얗게 질려버렸다. 심장이 벌렁벌렁 터질 듯했다. 그녀의 애처로운 비명을 들을 수도 없었다. 분노의 눈길이 불을 뿜었다. 현식과 석주도 돌부처가 되었다.

어떡해요? 저 누나 저러다 맞아 죽겠어요!

새끼가 사람을 저렇게 때릴 수가 있어? 완전히 미친 개새끼야!

다시 마이크가 울렸다.

물러가라 새끼들아! 산속에 가만히 사는 사람 왜 건드려? 우리는 누가 안 건드리면 죽은 듯이 사는 산 사람이란 말이야! 까불면 이 등신 계집 죽여 버린다!

다시 또 매질은 계속되었고, 여자의 처절한 비명은 녹음 우거진 칠월의 산자락 메아리가 되어 핏빛으로 물들었다. 문호가 소리쳤다.

제발 뽕이 그만 때려! 너, 내가 죽여 버릴 거야. 개새끼!

문호는 피를 토하듯 소리쳤다. '개새끼'가 메아리가 되어 돌아왔다.

뽕이야! 조금만 기다려줘. 우리가 구할게!

울분에 젖은 문호의 고함은 허공으로 사라져 갔다. 현식과 석주도 고함질렀다.

누나! 조금만 기다려요!

경고한다. 한 대 먹어라!

난데없이 연발 총소리가 울렸다. 흐르는 땀을 닦던 지서장은 재빨리 권총을 빼 손에 들었다. 그리고 그들은 지서장의 손짓에 따라 큰 바위 뒤로 몸을 숨겼다.

권총인데요.

지서장은 한 대 얻어맞은 처참한 표정이 되었다. 강 순경도 바짝 긴장하여 얼굴이 노래져 권총 빼든 손이 덜덜 떨리고 있었다. 지서장은 산속에서 범인이 무기를 가지고 있어 위험하다고 생각했는지 문호와 친구들을 안전한 곳으로 대피시키고 기다리라 했다. 지서장은 더욱 굳어진 얼굴로 계속 무전을 받고 있었다. 초조하고 안타까운 시간이 흘러 열 시가 될 즈음 문호는 바다 쪽을 보고 깜짝 놀랐다. 파도가 넘실대는 짙푸른 해상에 태극기를 높이 단 해경 고속정 한 척이 서서히 들어오고 있던 것이었다. 그리고 함정의 꼬리에는 모터보트 한 척이 묶여 따라오고 있었다. 타타타타, 적막한 산을 뒤집는 요란한 소리와 함께 가덕도 상공엔 헬리콥터가 선회 비행을 시작했다. 한적한 섬 가덕도에 울려 본 적 없는 비상 사이렌이 울리고, 눌차, 장항, 천성, 대항, 외항포 등 모든 가덕도 주민들에게 집 밖을 나서지 말라는 안내 방송이 시시각각 흘러나왔다. 그리고 산속의 사내들에게 경찰에 항복하라는 스피크 멘트가 흘러나왔다. 간밤에 일본으로 밀항하던 마약 사범 일당들이 해경에 일망타진되었다고 알렸다. 지난밤 대한 영해에서 한바탕 쫓고 쫓기는 해상전이 벌어진 것도, 그리고 지하 방공호와 해안동굴에 약 천만 명 투여량의 마약이 조제되고 공급되는 국제적 마약 비밀 은닉처인 것도 문호는 모르고 있었다. 그리고 그곳이 비밀 기획 도박장인 줄도 그들은 까맣게 모르고 있을 뿐이다. 무장한 해경들과 경찰들이 가덕도에 속속 집결하기 시작하였다.

대밭 아래 전체가 지하 건물로 공습에 대비한 방공호였다. 기다란 'ㄱ'자형 건물이었다. 오두막은 눈가림용으로 위장한 초라한 거처로, 지하 건물을 지키는 초소용이었다. 문호가 갇혔던 지하 제1호실, 미닫이를 떼어내고 뱀들을 모아둔 지하 제2호실의 우글거리는 뱀들을 보고는 다들 어이없어하였다. 부근에 사는 땅꾼을 데려오는 법석 뒤에 뱀들을 치우고 가마니들을 벗기자 크고 작은 궤짝들이 나왔다. 못질로 떼어내자 그 안엔 도자기들이 들어 있었다.

야, 이 새끼들 보통 사범이 아닌데, 마약에 문화재 절도범 아닌가.

궤짝들 건드리지 말고 그대로 두도록. 이봐 상부에 보고하고 문화재위에 연락하라고 해. 감정단이 감정해봐야 진짠지 가짠지 알지.

와! 저 항아리는 흰색이 이조 백자인가?

이 그릇들은 수수한 빗살무늬가 가야토기 같기도 하고 대단한데, 이거 진짜면 난리 나겠구먼.

일제강점기 때 수탈하여 여기에 모아두었다가 전쟁에 패하여 일본으로 달아나면서 미처 못 가져간 국보급일지도 모르지. 여기 학생들 아니었음 일본인들한테 다 넘어갈 뻔했구먼.

지하 방공호는 두꺼운 나무 미닫이가 칸 사이를 구분하여 연결된 건물들이었는데, 제3호실의 산더미같이 쌓인 가마니에서 놋그릇들이 쏟아졌다. 실로 어마어마한 양이었다. 그릇들은 대부분 시커멓게 또는 시퍼렇게 녹이 슬었는데 어둠 속에서도 반짝반짝 빛이 나는 방짜 놋그릇도 있었다. 지하실 그득하니 참 많이도 모아두었다. 문호는 언젠가 왜놈들이 밥 떠먹던 수저까지 앗아가고 나중엔 숨겨뒀던 제기들까지 다 뺏어 갔다고 하시던 할머니 말씀이 얼핏 생각이 났다. 전쟁 물자들.

참 새끼들 많이도 뺏었네! 놈들이 미처 다 못 가져간 것이네요.

다들 어이없어 혀를 끌끌 차고 있는데 저쪽에서 소란스러워졌다.

사람이 죽었다!

여자가 죽어 있다!

문호는 아까부터 애타게 봉이를 찾고 있었다. 뽕이야 어딨어? 대답해봐! 친구들과 눈에 불을 켜고 여기저기 찾아봐도 봉이는 보이지 않앞고 사내도 보이지 않았다. 걱정했던 일이 나타났다. 결국 봉이는 놋 그릇 더미 뒤에 실오라기 하나 없는 알몸으로 내던져 있었다. 얼마나 채찍에 후려 맞았는지 그네의 몸은 구렁이 몇 마리가 구불구불 감은 듯하였다. 인간이 이렇게 잔인할 수가 있으랴. 너무도 참혹한 광경에 다들 할 말을 잃었다.

누나, 누나! 뽕이 누나! 누나야!

문호는 싸늘해진 봉이 시체를 끌어안고 몸부림쳤다.

이 일을 어떡해! 누나 불쌍해서 어쩌누! 나 때문에 누나 죽었어!

셔츠를 벗어 봉이 피맺힌 알몸을 감싸 안고서 문호는 꺼이꺼이 목놓아 울었다. 현식과 석주도 웃옷을 벗어 봉이 몸을 덮어주고 무릎 꿇고서 비통함에 같이 울었다. 사람들의 시선이 그들에게 집중되었다. 문호는 차마 감지 못한 봉이의 두 눈을 감겨주었다. 폭포 같은 눈물이 그녀의 차가운 얼굴에 떨어졌다.

누나, 개똥이가 정말 잘못했어. 누나 버리고 도망치는 게 아니었는데.

현식이 고함쳤다. 석주도 소리쳤다.

살인자를 찾아야 해. 살인지를 찾아라!

우리는 살인자를 보았소! 그자의 목소리를 알고 있소! 작달막한 키였소!

현식과 석주는 살인자를 찾아 뛰어나갔다.

제4호실은 그 어느 방보다 통풍과 채광이 잘 되어 있었다. 그곳이 국제적 마약 은닉처이자 거래처였는지 비밀 번호판이 달린 신형 캐비

닛과 금고가 여러 개 있었다. 환풍기도 달렸고 사무용 책상도 있었다. 간단한 주방시설도 있었다. 병원처럼 칸칸이 커튼 칸막이가 드리워진 곳에는 침대가 두 개나 놓여 있었다. 또 초대형 초 다섯 개가 꽂힌 장식용 촛대가 탁자에 놓여 있었다. 가죽 소파와 집기들이 잘 갖추어진 제5호실은 접대용 내실로 완벽하게 꾸며져 있었다. 장식장엔 고급 양주들이 그득하였으며 한쪽에는 바가 차려져 있었고, 도박용 탁자와 의자들이 몇 군데나 있었다. 바닥에는 양탄자가 깔려 있었고 벽에는 붉은 색상의 두꺼운 암막 커튼이 드리워져 있었다. 누군가 흥분해서 소리쳤다.

범죄자들의 비밀 아지트야! 마약을 밀거래하고 도박판도 벌였군.

그리고 수색대는 제4호실에 놓인 침대 아래에서 바닷가 인공동굴로 이어지는 완벽한 출입문 비밀통로를 드디어 찾게 되었다. 방공호의 'ㄱ' 자로 꺾인 마지막 지하 건물은 육중한 철문으로 되어 있었다. 벌겋게 녹슨 커다란 자물통이 몇 개나 채워져 있었다. 쇠망치로 몇 번 내려치자 자물통이 부서져 나갔다. 꿈쩍도 하지 않는 뻑뻑한 철문을 여럿이 달려들어 영차영차 간신히 열었을 때, 사람들은 으악! 비명을 지르며 놀라 뒤로 물러났다. 해골이었다. 산더미같이 쌓여 있는 해골 방이었다. 끔찍한 해골만 남아 있어 차마 눈 뜨고는 못 볼 광경이었다. 경찰들도 해경도 놀라서 입을 벌리고, 문호도 현식도 석주도 그 자리에서 돌부처가 되어버렸다. 다들 와들와들 심하게 떨고 있는 게 느껴졌다. 분노가 하늘에 닿았다.

개새끼들! 태평양 전쟁에 강제노역으로 끌고 와 실컷 부려먹고 이렇게 사람을 한군데 몰아넣어 죽였어! 새끼들!

사람을, 어째 사람을 한 구덩이에다 이렇게 처넣고서…!

총질이야, 가스야, 뭐야? 꼭 밝혀야 해! 일본군 짓이다!

항복하여 일본으로 도망갈 때 조선 사람을 도살장처럼 몰아넣어 죽였어! 천인공노할 놈들!

문호는 문득 쉬쉬하며 전해진 진실, 일본군에게 끌려가 능욕당하고 참혹하게 살해되어 강가에 버려졌다던 인근 마을 처녀 얘기가 떠올랐다. 분함이 치밀었다.

할아버지!

문호는 털썩 주저앉고 말았다. 머리가 떨어져 나간 듯 빙빙 돌았다. 저 속에 홀연히 나타났다 그 밤에 떠나셨다는 할아버지의 유골도 틀림없이 있으리라. 할아버지는 가족들에게 피해를 주지 않기 위해 그 밤에 떠나셨고. 자신의 위치를 그렇게나마 남기신 것이다.

아!

개새끼들이 사람을 섬으로 끌고 와 저들 피신 방공호 만들고, 해안가 방어시설 인공동굴 만들어서 노역으로 실컷 부려먹곤, 철수하면서 저곳에 몰아넣어 몰살시키고 탈주했어!

여기 벽에 낙서들이 있습니다. 손톱으로 긁어 썼는지.

오랜 세월에 이끼 끼고 곰팡이 끼어 그슬린 벽에는 죽은 자들의 간절한 비명이 묻어 있었다. 경상도, 전라도, 함안, 벌교, 순천, 광진, 해남, 진주, 밀양, 청도 등 여러 지명과 이수길, 박만석, 윤두수, 이석태 등 자신의 존재를 알리고자 손톱으로 긁어 쓴 이름들! 사람들은 치밀어 오르는 분함을 억제할 수 없어 주먹으로 가슴을 쳤다. 문호는 눈물도 나오지 않았다. 다만 창자가 타는 아픔과 목으로 붉디붉은 피를 토하고도 남은 분노가 끓어 올랐다. 아아 할아버지! 대밭과 언덕 아래 지하에 벽돌로 지어진 건물은 엄청나게 컸다. 태평양 전쟁이 시작되고 전국에서 끌려온 조선인 강제노역으로 세워진 지하 방공호였다.

정부는 군사시설인 관계로 대대적인 현장조사와 수색 후 발표가 있다고 하였다. 우선 밝혀진 사실은 대항마을 동쪽 새바지 해안가와 대항 포구가 있는 북서쪽 해안지역에 규명되지 않은 인공동굴 수기가 발견되었다고 공식 발표하였다. 형태는 'I'자형의 긴 동굴도 있고, 'T'자형, 'L'자형으로 만들다 중단된 동굴도 발견되었다고 했다. 2차대전 말에 조성된 것으로 보이는 해안동굴은 일본군들이 방어전략시설로 구축한 것이라고 하였다.

스님들의 지장경 독경이 산사에 울린다. 목탁 소리와 염불 소리가 화음이 된다. 향 연기가 법당을 감돌고 불단의 촛불들이 펄럭펄럭 춤추며 제 몸을 사르고 있다. 조용했던 산사 도량이 차분하니 분주하다. 많은 사람이 찾아왔다. 몇십 년 전 캄캄한 지하 방공호에 갇혀 한 많게 돌아가신 이들을 위한 영가 천도재가 여기 가덕도의 자그마한 절에서 지극하게 열리고 있다. 무참히 억울하게 가신 영혼들 앞에 선후손들은 부끄러움에 고개를 들지 못했다. 가덕도는 그 사건이 나고 발칵 뒤집혔다. 일제강점기 말 가덕도 지하 방공호 속에서 무참히 학살당한 이백여 구가 넘는 유골들의 생생한 티브이 보도에 온 국민이

치를 떨고 분노했다. 전국에서 일제 만행의 규탄시위가 벌어지고 그 끔찍한 학살현장은 전 세계로 타전 보도되었다. 일본 정부에서 관리가 오고 유감 성명이 발표되었다. 그리고 국내의 마약사범들과 동조한 범죄자들은 체포되어 구속되었다. 바닷가 인공동굴에 숨어 밀항하려던 나머지 일당 세 명도 붙잡혔다. 봉이를 무자비하게 때려 숨지게 한 살인자 역시 동굴에 숨어 있다 체포되었다. 문호는 분함을 참을 수 없어 사내에게 덤벼들었으나 경찰에 제지당했다. 그리고 엄중한 조사과정에서 근래 육지에서 강제로 끌려와 노동을 착취당하다 살해당한 희생자도 몇 명이나 밝혀졌다. 그 후 민관이 주도한 성대한 합동위령제가 거행되었다. 유전자 DNA 감식이 완료되지 않아 문호도 아직 할아버지 유골을 찾지 못했다. 문호는 봉이 위패 앞에 흰 국화꽃을 올렸다.

봉이누나! 내가 정말 잘못했어! 개똥이 용서해줘. 누나 안 잊을게.

덩—덩—덩—. 종이 운다. 지장보살! 지장보살! 지장보살!

목탁 소리도 스님들의 지장경 예불도 애잔하게 들린다. 문호는 법당을 나와 현식과 석주가 있는 절 뒤 도랑으로 찾아갔다. 그들이 문호를 보고 씽긋 미소짓는다. 현식과 석주는 문화재보호위원장으로부터 특별 포상으로 받은 경찰 무전기 크기만 한 이동전화기를 난생처음 가져보는지라 아직도 신기하여 들여다보며 전화번호를 누르고 있었다.

댕거렁 댕거렁. 바람에 풍경이 운다. 문호의 가슴에 핏빛 동백꽃 한 송이가 툭 떨어진다. 고개를 숙이고 도랑을 걷는데 누군가 어깨를 툭 쳐서 돌아보니 앞머리에 국화꽃을 꽂은 봉이가 배시시 웃고 있다. 좀 전에 봉이 위패 앞에 올린 그 흰 국화다. 그녀가 처연하게 아름답다.

봉이 누나!

개똥아, 니, 너, 내캉 놀자!

초량
168계단에는
그가 있다

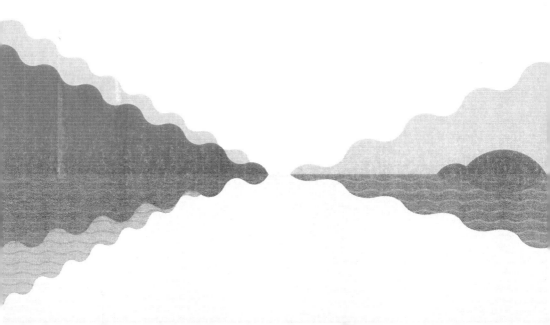

···

KTX가 부산역에 도착했다. 오전 열 시 십 분. 사람들이 소지품을 챙기며 부산하게 열차에서 내릴 준비를 했다. 여자는 왠지 일어나기 싫었다. 열차가 그냥 한없이 더 갔으면 좋겠다는 생각이 불쑥 들었다. '승객 여러분 여기는 마지막 종착역 부산입니다' 하는 안내 멘트는 작게 들리고 그녀 귀에는 칙칙폭폭 칙칙폭폭 그 옛날 기적 소리가 크게 들렸다. 뿌연 연기를 펄펄 날리며 역으로 들어오던 기차는 비 오는 날이면 더 가까이 들리던 기적 소리였다. 여자는 벗어 걸어두었던 갈색 바바리를 재킷 위에 걸치고 검은색 여행 가방을 들고 천천히 일어났다. 여자는 모처럼 아니 십여 년 만에 오늘 하루를 비웠다. 누군가를 만나기 위해. 여자는 자신도 모르게 입속으로 중얼거렸다.

—보슬비가 소리도 없이 이별 슬픈 부산정거장 잘 가세요. 잘 있어요.— 흠, 이젠 가사도 잊었네.

애절한 하모니카 소리가 귓전을 파고든다.

그래. 그는 하모니카 하나는 잘 불었지. 지그시 눈감고 애절하게 불렀지. —연분홍 치마가 봄바람에 휘날리더라. 오늘도 옷고름 씹어가며 산제비 넘나드는 성황당 길에 꽃이 피면 같이 웃고.—

여자는 자신도 모르게 한숨이 나왔다. 기다리는 사람도 없는 부산역을 천천히 걸어 나왔다. 높은 호텔이 있는 쪽으로 이층버스가 보인다. 사람들이 줄 서 있으니 관광버스인가보다. 역 마당을 질러 지하철 계단을 걸어 내려와 반대편 지하철 7번 출구 계단으로 천천히 걸어 올라갔다. 지하에서 올라간 초입 도로에 커다란 아치가 세워져 있다. Texas Street. 건물 벽에 허리 잘록한 드레스를 입은 금발의 여인과 카우보이 모자를 쓴 남자가 정답게 마주 보는 조각상이 먼저 보였다. 관광상품 명소며 환전소도 있다. 텍사스 거리! 바로 옆 5번 출구에는 차이나타운 아치가 높게 세워져 있다. 용 문양이 들어간 굵은 기둥도 지붕도 누런 금색이다. 아 청관 거리! 가게 입구마다 여전히 붉은 홍등이 달려 있다. 색바랜 홍등이 주르르 달렸다. 바람개비처럼 빠르게 기억 속으로 빠져든다. 그 사람들 거리였지. 가게마다 붉은 주렴을 드리우고 비단옷을 입고, 중국 말을 했었지. 아이들은 화교 학교에 다녔어. 건물 벽에 유비 관우 조조 손권 제갈량 등 삼국지 영웅들이 커다랗게 새겨져 있다. 여자는 텍사스 거리도 상해 거리도 아닌 우측 초량 시장길로 걸었다. 시장을 지나 조금 올라가자 층층이 다닥다닥 붙은 집들이 나타났다. 군데군데 새 건물이 들어섰지만 낯익은 집들이다. 그래 골목길 빽빽한 집들이었지.

선영아, 1년 만에 다시 네게 편지를 쓴다. 작년 이맘때 편지를 보냈으니까.

너는 대답 없는 메아리지만 나는 여전히 짧은 편지를 써서 아주 느리게 가는 유치환 우체통에 편지를 부치는구나. 일 년 후 네게 도착하는 편지를. 그냥 너 잘 있냐고, 나 잘 있다고 전하고 싶어서. 선영아 일 년 뒤 다시 소식 전하마.

— 안녕! 168계단에서 영우가

여자는 계속 오르막길을 올랐다. 길이 조금 넓어졌다. 담장 갤러리가 나타났다. 아 이런 곳도 생겼네. 동구를 빛낸 인물사 담장 갤러리에는 반가운 사람도 있고 잊었던 인물도 있다. 마이크를 잡고 역동적으로 노래하는 젊은 나훈아 사진, 코미디언 이경규, 박칼린, 일찍 요절한 김민부 시인, 그의 시 '일출봉에 해 뜨거든 날 불러주오'를 끝까지 읽었다. 행려병자의 아버지이자 한국의 슈바이처 장기려 박사, 청마 유치환 시인의 사진 아래 '내 죽으면 한 개 바위가 되리라' 시가 새겨져 있다. 정치가와 독립운동가 사진이 담긴 커다란 액자가 걸려 있다. 조금 더 오르자 초량교회, 아주 오래된 교회가 보인다. 남루한 옷을 입은 아이들이 땟물이 쪼르르한 손을 내밀고 빵과 과자를 받기 위해 줄 서 있었지. 크리스마스와 부활절에는 근동 아이들이 다 몰려들었지. 추억이 많은 교회다. 오르막길 조금 넓은 층계 길에 닿았다. 층계 양가로 흰색 노랑 보라색의 삼색제비꽃과 노란 팬지꽃이 반긴다. 그래 다들 예쁘구나! 팬지꽃 화분이 놓인 계단을 그녀는 천천히 올랐다. 등에 작은 가방을 멘 할머니가 힘겹게 오른다.

힘들어도 여기만 오르면 저기 백 여섯 여덟 계단은 쭉 올라가는 차

있다우. 그 차 타믄 금방 올라가제. 여기 사람들 오르내리기 힘들다고 달아 준 건데 객지 사람도 공짜로 태워준께 같이 타시오. 근데 어디 타지서 왔소?

예, 대구서 초량 이바구길 구경 왔어요.

여기 뭐 구경할 거 짜다리 있다고 사람들이 오는지 모르겠네 이잉.

할머니는 다섯 계단 오르면 쉬고 또 쉬고를 되풀이했다. 선영은 좌우를 둘러봤다.

저쪽 골목길로 댕기믄 길은 멀어도 수월한디 휴! 저기가 기계 차 타는 곳이라우.

팬지꽃 계단이 끝나고 조금 더 오르자 이윽고 168계단이 나타났다. 목을 젖혀 올려다보니 저 위 누군지 계단 끝에 서서 아래를 내려다본다. 누굴까? 다시 보니 아무도 없다. 168계단이 새삼 너무 가팔라 아뜩하다. 계단 난간 손잡이에 달린 울긋불긋한 바람개비들이 바람에 팔랑팔랑 잘도 돌아간다. 바른쪽에 168계단 모노레일 승차안내장이 붙어있다. 산동네 사람들 이젠 편리하겠네.

할머니 저는 집구경도 하면서 천천히 168계단 올라갈게요.

그러시우. 근데 구두 신고는 힘들 낀데, 우리는 옛날에 억수로 걸었어라. 저 아래 샘물도 이다 먹고 수돗물 좋다고 부산역꺼정 가서 이고 왔지라. 그때 그 시절이 한창이었제.

가난한 사람들이 살던 가파른 동네, 피난민이라고 불렀던 이북 사람들은 따로 모여 살았지. 할머니 나도 옛날에 이 길 참 많이 다녔답니다. 양철 물통 머리에 이고 계단 올라 집에 오면 찰랑찰랑 넘쳐서 절반 남아 있던 귀한 물! 계단 좌우의 집들이 다닥다닥 붙어있다. 바깥으로 환히 보이는 한 뼘 좁은 뜰에는 흰 데이지와 노란 팬지꽃이 피어있는가 하면, 아주 낡은 고무통에 마늘 대파가 싱싱하게 자라는 마당도 있다. 매트 한 장 깔 만한 땅에 부추 쪽파 적상추가 친구하고 화분에 패랭이꽃이 피어있다. 여전하네. 쯧쯧 노인네들 땅 한 뼘 노는 꼴을 못 보지. 저기 작은 선물의 집과 쉬어가는 카페도 생겼네. 빼빼 마른 사내애가 떠오른다. 욕쟁이 그의 엄마도 생각난다. 몇백 년 살려고 그리 사나웠던가. 아이고 저 여편네 동네 사람들이 무서워서 피하나 더러워서 피하지 쯧쯧. 차례를 기다리는 우물에서 물만 길어오면 엄마가 하던 말이다.

영우야 니네 엄마는 왜 그리 욕을 잘하노?

몰라. 새벽부터 요놈의 종내기들 잠만 퍼 자빠져 잔다고 욕해 시끄러워 잠 깼다.

우리 보면 새빠질 가시나들이 방뎅이 흔들며 댕긴다고 괜히 트집이다.

우리 한 구덩이에 뒤지라고 하는데 뭐. 우리는 예사로 듣고 흘러버린다.

영우야 후제 니한테 시집오는 각시는 맨날 욕만 얻어묵고 살겠다 그쟈?

영우는 입 다물고 길가 잡풀만 우둑우둑 뜯었다.

하긴 선머슴아 여섯이 집구석을 엉망으로 만드니 큰소리 나기도 하겠다.

선영아 우리 산복도로까지 누가 먼저 올라가나 가위바위보 내기할래?

니도 참 웃긴다. 이기면 내기할 게 뭐 있다고 그러노?

응 니가 이기면 내가 노래할게.

노래, 치이 안 할래, 노래도 못하면서.

노래는 선영이 니가 잘 부르제. 가수가 꿈인 것도 내 안다. 비밀인데 내가 초량교회 대학생 형한테 하모니카 선물받아 연습 많이 했거든.

야 좋겠다! 그럼 구봉산에 올라가자. 얼마나 잘 부나 보게.

영우는 기쁨을 감추지 못하고 좁은 계단에서 빙빙 돌았다. 영우의 하모니카 솜씨는 날이 갈수록 늘어 선영은 그 리듬에 맞추어 노래 불렀다. 그들은 일요일이면 식구들 몰래 초량교회 가는 게 제일 큰 즐거움이었다. 사탕이나 빵, 음료수, 삶은 달걀 받는 즐거움이 컸다. 아이들은 크리스마스를 제일 기다렸다. 선영이네 집, 가난했으나 지극히 평범했던 부모가 외아들을 잃고부터 자신들의 삶이 끝장난 듯 변해갔다. 쓸데없는 가시나만 다섯이라고 아버지는 딸들을 학대했다. 선영이 손목을 데었다. 아버지가 또 밥상을 뒤집어 된장국에 데었다. 오빠가 선영을 잡으려다 높다란 계단을 데굴데굴 굴러 죽고부터 아버지는 선영만 보면 눈에 불을 켰다. 술만 취하면 니가 죽지, 니가 죽지 와 하나뿐인 내 아들을 죽였냐며 선영을 때렸다. 저것이 커서 뭐가 될지 뻔하다고 악담을 했다. 엄마는 선영의 밥을 따로 주었다. 식구들이 밥을 다 먹고 난 뒤 부엌에서 눈물 밥을 먹었다. 어린 게 뭘 안다고 그렇게

까지 미워했을까. 지금 생각해도 서러움에 목이 멘다. 아버지에게 쫓
겨났을 때도 맞았을 때도 곁에 영우가 있었다. 그들은 분개했다. 훗날
어른이 되면 절대로 싸우지 않고 욕하지 않고 사람을 때리지 않기로
맹세했다.

선영아 조금만 더 기다려라. 내가 널 지켜줄게!

영우는 손도장까지 찍으며 약속했고 그들은 일 마치고 저녁이면
168계단에서 기다렸다 만나곤 했다.

스무 살, 미로처럼 꼬불꼬불한 골목길을 터덜터덜 오르는 선영의 앞
을 우뚝 막아선 그림자. 고개를 들어보니 담배를 꼬나물고 카우보이
모자를 삐딱하게 쓴 검은 선글라스 남자다. 좁은 골목길 비켜 지나가
려 하자 따라오면서 앞을 막았다.

김선영! 나 모르겠냐?

누군데 그럽니꺼? 길이나 비켜주이소.

나야 나. 나 신마석 모른다카마 내가 섭하제.

몰라요. 집에 가게 길 좀 비켜 주이소.

내가 안 비키면 우짤 낀데? 야, 내가 맛있는 거 사 줄게 저 아래 내
려가자 응?

산동네 소문난 깡패요 건달이 아닌가. 부모도 없이 길러준 할머니
와 단둘이 사는데 동네에서 싹수가 노란 아이로 통한다. 그날부터 마
석은 선영이 일하는 피복공장 앞이나 집으로 오는 좁은 골목길에서
담배를 꼬나물고 기다렸다. 선영은 혼자 그러다 말겠지 했다. 어느 날

공장에서 야근하고 열 시가 넘어 집에 오던 날 선영은 마석에게 강제로 끌려가 여관에서 처녀성을 유린당했다. 선영은 부끄러워 엄마한테도 말하지 못하고 기다리는 영우를 피했다. 마석은 동네에 소문낸다는 협박으로 번번이 선영을 여관으로 데려가 성욕을 채웠다. 결국, 선영을 공장에도 못 나가게 하고 범일동 산동네 단칸방에 끌어다 놓았다. 강제 동거였다. 마석은 선영을 데리고 나가 외식도 하고 옷도 사주었다. 사랑한다고 하면서 미친 듯 밤낮으로 끌어안고 관계를 하였다. 선영이 진저리치게 성관계를 하였는데 삽입이 잘 안 되면 온갖 체위를 다 시키며 괴롭혔다. 마석은 일찍이 난잡한 성생활로 인해 성 발기부전 상태였다. 처음에는 선영을 엄청 위해주더니 언젠가부터 손찌검을 하기 시작했다. 엄마가 찾아와 공장 안 댕기고 살림 차린 가시나 남사스럽다고 아버지가 집에 얼씬도 말란다는 말만 남기고 가버렸을 때 너무 슬퍼 내내 울었다. 부모에게도 버려졌으니 그냥 살아야 하나 보다 생각했다. 그날도 선영이 마석에게 맞고 가구거리를 정신없이 걷다 우연히 지나가는 영우를 보았다. 집을 떠나고 이태 만에 본다. 자신도 모르게 영우야! 하고 불렀다. 영우는 장승처럼 우뚝 섰다. 제발 날 좀 어디 데려가 주라. 영우는 버쩍 야윈 선영을 보고는 손을 잡아 끌었다. 그러나 숨을 곳도 갈 곳도 없어 뒷골목 아주 허름한 여인숙에 들어갔다. 선영은 영우에게 매달렸다. 파들파들 떨고 있었다.

영우야, 마석이 무서워 죽겠어!

나는 니가 좋아서 따라간 줄 알았다. 선영아 우리 둘이 그만 서울로 달아나자.

안 돼. 나 도망가면 우리 식구 다 죽인다고 했어. 그 인간 억수로 무섭다. 영우야 초량교회 목사님 말씀처럼 나는 구제할 수 없는 사악한 영혼인가 봐.

아니 아니야 선영아. 난 하루도 너를 잊은 적이 없어!

너 보고 싶었어. 나 죽기 전에 한 번이라도 진짜 사랑받고 싶어. 나 사랑해줘.

돌아앉아 옷을 벗기 시작하는 선영의 목 주변과 어깨, 등에는 검푸른 멍 자국이 지도처럼 그려져 있었다.

아, 선영아!

영우가 눈물을 흘리며 멍 자국을 혀로 핥아주었다. 선영이 영우를 끌어당겼다. 선영의 가슴에 영우가 무너졌다. 유방이 입술에 닿았다. 영우는 선영의 부푼 가슴골에 얼굴을 묻고 떨리는 손으로 선영의 전신을 쓰다듬었다.

나, 이대로 죽어도 좋아!

나도 그래.

남자가 부르르 몸을 떨었다. 둘은 한 몸이 되었다. 오랜 그리움이 파도처럼 밀려왔다. 열애가 지난 후 선영을 껴안고 있던 영우가 급히 옷을 입고 파스와 약을 사 오겠다며 나갔다. 영우야, 약보다 조금 더 나랑 있어 주지. 선영은 허둥지둥 옷을 챙겨 입고 재빨리 여인숙을 빠져나왔다. 아, 내가 잘못했어. 마석에게 들키는 날엔 영우는 맞아 죽고도 남아. 후회와 공포가 전신을 휘감았다. 그녀는 세월이 지난 후에야 그날 영우와 도망치지 못한 자신이 얼마나 바보였고 멍청했는지 자신을 죽이고 싶도록 싫은 미움의 세월을 살아야 했다.

선영은 추억의 거리, 그러나 별로 그리워하지 않았던 이곳저곳을 낯선 사람처럼 둘러보았다. 그렇게도 딸을 미워했던 아버지도, 한평생 가난했던 어머니도 가셨다. 산복도로에 올라 사방 시원하게 확 트인 친환경 스카이웨이 전망대에서 내려다본 빨강 노랑 파랑의 주택 지붕들이 선명하다. 그녀는 식당에서 산채비빔밥 식사를 하고 카페에서 카페 라테를 주문하여 천천히 마셨다. 입술에 루주를 다시 바르고 바람에 헝클어진 웨이브 머리카락을 정성껏 손질했다. 먼저 가 기다려야지. 두 시보다 일찍 약속 장소로 가는 선영의 심장은 쿵쿵 뛰고 있었다. 손바닥으로 가슴을 눌렀다. 나 참 열아홉도 아니고 내 나이가 몇인데, 옛날의 바보 선영이가 아니지. 이젠 내 의지대로 내 삶을 살고 있으니 난 당당해. 약속 장소에 도착했다. 빨간 우체통! 유치환 우체통! 1년 후에 도착하는 느린 이 우체통에 그는 편지를 넣었구나. 그는 나를 알아볼까? 나는 그를 알아볼 수 있을까? 변했을까? 나만 늙었을까? 무슨 말을 해야 하나? 내가 괜히 왔나? 아니야, 한 번은 만나야 할 사람이지. 제발 느린 편지 그만 보내라고 말해야지. 몇 년 만인가? 너무 오랜 세월이 흘렀다. 아, 누가 이쪽으로 오고 있다. 유치환 우체통을 향해 천천히 걸어오는 남자를 선영은 살펴보았다. 영우다. 걱정했는데 한눈에 알아보겠다. 몸에서 중년 티가 난다. 벌써 반백의 머리가 되었다. 이마에 주름도 보인다. 검은색 경량패딩 잠바가 헐렁하게 보였다. 그런데 왼쪽 다리가 불편해 보인다. 왜 다리를 절지? 다친 걸까?

영우가 걸음을 멈췄다. 말없이 서로를 바라보는 짧은 침묵의 시간이 길었다.

선영이지?

영우가 수줍은 듯 머뭇머뭇 다가왔다. 선영은 입가에 잔잔한 미소를 머금었다.

우리 오랜만이지? 악수나 하자.

어색함을 감추려고 선영이 손을 내밀자 영우가 손을 잡았다. 그의 손이 땀에 젖어있다.

네가 나 찾아올 줄은 정말 몰랐다.

편지 때문에 한번은 만나야 할 것 같아서 왔어. 느린 편지 이젠 그만 보낼 거지?

미안해. 할 일이 별로 없어서 그랬어.

둘은 나란히 벤치에 앉았다. 만나면 할 말이 많았는데 할 말이 없다. 마침 젊은 남녀가 찾아와 '행복' 시를 읊고 우체통 포토존에서 다정하게 사진을 찍고 갔다.

다리는 언제 다쳤어? 전에는 안 절었잖아.

내 다리, 사연이 있지. 옛날 누구한테 실컷 맞았거든.

뭐라고? 맞아서 다리가 절게 됐다는 거야? 누구, 누구한테 맞았어?

선영은 단번에 짚이는 데가 있었다. 그래도 설마설마 싶었다.

혹시 그 사람, 신마석한테? 왜? 언제 때렸는데? 다리가 그렇게 되도록 왜?

이제 와 새삼스레 말하면 뭐 하냐. 강물처럼 바람처럼 다 지난 일인데 뭐.

세상에! 어이가 없다. 나 때문인데 까맣게 모르고. 선영은 자기도 모르게 영우의 손을 불쑥 잡았다. 이제 와 미안하다는 말이 무슨 소용이랴. 아 나쁜 인간! 그때라면 마석이 자신을 얼마나 모질게 학대하던 때인가. 아들 태훈이 태어나고서다. 마석이 집에 오면 이유도 없이 행패를 부렸다. 더 부술 것도 없는 살림을 부수고 선영의 목을 조르기까지 했다. 동거 삼 년 만에 태어난 아들을 처음에는 물고 빨고 미치게 좋아하더니 차츰 구박하기 시작했다. 선영이 앞에선 아이를 어르며 귀여워하였다. 어느 날 선영이 잠시 시장에 다녀오니 아이가 자지러지게 울어대어 이상하여 소리 없이 방문을 열고 들여다보니 마석이 아기를 엎어 놓고 솥뚜껑 같은 손으로 때리고 있었다. 너무 놀랐다. 아아 그러고 보니 마석이 다녀간 후면 아기의 등이나 궁둥이에 푸른 멍이 생기지 않았던가. 그 후로 선영은 마석이 집에 오면 아기를 업고 일을 했다. 아이를 봐준다 해도 말을 듣지 않았다. 마석은 그런 선영을 더 미워했다. 서방은 안중에도 없고 새끼만 끼고돈다고 손찌검을 했다. 한번은 밥상을 차려 방으로 들고 오니 아이 얼굴에 커다란 베개가 얹혀 있었다. 놀란 선영이 베개를 내던지자 마석은 베개가 왜 거기 있지, 하고 딴전을 피웠다. 마석은 선영이 눈만 피하면 아이를 미워하고 학대했다. 선영은 다짐했다. 우리 태훈이 죽이면 난 너를 죽일 거야! 농약이든 쥐약이든 타 먹일 거야. 마석은 더러 아이를 사랑하기도 했다. 난데없이 멍멍 짖는 강아지나 외제 자동차 장난감을 사 들고 오기도 했다.

이놈아, 나는 클 때 이런 장난감 구경도 못 했는데 니는 호강이다. 잘 봐라. 내가 니 아빠다. 니는 싫어도 내 아들이란 말이다. 알겠냐, 이 죽일 놈아!

선영은 마석의 행동을 도무지 이해할 수 없었다. 마석이 키워준 할머니를 버리고 나온 뒤 168계단 길 단칸 판잣집에 살던 병중의 할머니는 영양실조로 죽었다. 마석에게 혈육이라곤 천지에 아들 태훈밖에 더 있는가. 아이를 끌어안고 아이 볼에 뽀뽀를 퍼붓는가 하면 툭 하면 아이를 구박하고 때리는 마석의 속마음을 그녀는 알 수 없었다. 깡패요 건달에 행님 꼬봉 노릇 하는 마석은 언제나 자신들만 나타나면 거리의 노점상들이 벌벌 떤다고, 대접하는 공짜 술도 다 못 먹는다고 큰소리다. 철거반으로 나가 왕창 때려 부수고 왔다고 자랑하는가 하면 낮에는 술 퍼먹고 쿨쿨 자다가 밤이면 나가 왕창 얻어터지고 왔거나 패 주고 왔다며 듣기 싫은 행님 소리를 입에 달고 살았다. 자기가 곧 충무동 행님이 된다고 큰소리쳤다. 그는 호주머니에 돈이 있어도 없어도 생활비는 찔끔찔끔 굶지 않을 만치 주었다. 계집은 돈 많이 주면 바람난다고 지껄였다. 선영이 열심히 일해서 하루 한 끼라도 맘 편히 먹고살자고 하면 코웃음 쳤다. 태훈을 때리는 것도 마석의 깡패 버릇이라 생각했다. 무서운 그 일이 터지기 전까지 몰랐다.

어느 날 늦은 밤, 철문을 요란스레 뚜드리는 소리에 놀라서 옷가지를 걸치고 나가니 시커먼 사내가 산복도로 어둑한 불빛을 등지고 서 있었다. 가슴이 철렁 내려앉았다. 밤에 찾아오는 손님은 열이면 열 안 좋은 소식을 전하는 사람들이 아니던가.

누구요? 이 밤에 무슨 일로?

제기랄 빌어먹을! 찾기는 바로 찾았네. 마석 행님 집 맞지요?

우째 이 밤에 손님이?

씨발 같이 좀 가야 쓰겠는디. 행님이 다쳐부러 병원 있은게 씨발.

선영은 버티고 섰던 다리가 후들후들 떨려 휘청했다. 마석이 다치는 건 예삿일인데도 눈앞이 캄캄해지며 올 것이 왔구나 싶었다. 곤히 자는 태훈을 깨우지 않고 그대로 두고 나왔다. 사내와 택시를 타고 도착한 병원에는 마석이 처참한 몰골로 복도에 널브러져 있었다. 피투성이였다. 붕대로 대강 싸맸지만, 가슴과 배에 피가 고이고 있었다. 선영은 비명을 지르며 뒷걸음치다 쓰러졌다. 간호사 두어 명이 달려오고 남자 두 명이 환자를 이동 침대로 옮겨 끌고 갔다. 수술실로 들어가면서 간호사가 그녀를 막았다.

마석은 얼굴은 물론 전신에 붕대를 감고 수액을 줄줄이 달고 죽은 듯 누워있었다. 사흘째다. 환자는 아직 깨어나지 못했다. 주인집 아주머니에게 부탁한 태훈이 때문에 잠시 집에 갔다 온 선영이 중환자실로 가는데 병실 입구를 지키던 건달 두 명이 담배를 피우며 지껄이고 있었다. 선영은 얼른 몸을 숨겼다.

씨발 마석 행님 깨어나기는 애시당초 글렀지요. 좆같이 너무 많이 찔려 버러서.

저 새끼 그 자리서 뒤지지 않은 게 기적이지. 암, 엔간히 큰 싸움이야지.

그래도 이번에 충무동 접수했은께 깨나면 사람대우 해줄라나요?

쉿! 이 새끼 뒤지려고. 초량 타이거가 얼마나 무서운데. 우린 파리 목숨이야.

씨발 나도 잘 알제요. 누굴 위해 몸뚱이 칼 맞았는데? 생각하믄 밑바닥 인생이 불쌍허지라 제기랄!

마석 저 새끼 식구라야 식도 못 올리고 사는 얼굴 반반한 계집밖에 더 있냐. 무정자라서 자슥 새끼도 있을 리 없고. 지나 내나 개차반 막살이 인생이지 뭐.

씨발 재수 옴 붙었네. 마석 행님 무정자요? 행님 어캐 아시우?

전에 붙어살던 계집이 헤어지고 마석 알라 낳았다고 돈 뜯어내려다 마석한테 뒤지게 맞았제. 씨발 새끼가 덩치는 큰데 정자가 없다카데. 그 새끼 뿔나서 몇 군데 병원서 진찰받고 태종대 자살바위서 죽는다고 난리 쳤거든. 그래서 저 새끼가 일 터지면 더 기갈 세게 덤비는지 모르지. 불쌍한 새끼.

뭐, 뭐라고? 정자가 없다고? 그럼 태훈이는? 우리 태훈이는?

마석이 자신의 눈을 피해 곧잘 어린 태훈이를 때리고 학대하던 모습들이 떠올랐다. 아이도 뭘 느끼는지 아빠에게 가지 않았다. 엄마 치마꼬리만 잡고 매달렸다. 마석은 입원 일주일 만에 숨을 거두었다. 선영은 끝내 태훈을 병원에 데려가지 않았다. 전신을 붕대로 감아 미라처럼 된 마석의 뒤처리는 패거리들이 순식간에 해치워버렸다. 미워하며 목 놓아 울 시간도 없었다. 그녀 앞에 한 줌 재가 남겨졌을 뿐, 선영은 인적 없는 바닷가에서 애증의 세월 5년을 동거한 남자를 바람에 홀홀 날리며 미움도 저주도 함께 딸려 보냈다.

영우야 너는 왜 여태 혼자 사는데?

내가 못나서 그렇지 뭐.

너 각시 있다는 말 얼핏 들었는데. 너 엄마가 며느리를 못살게 했구나.

너 사라지고 부두에 다닐 때 나 좋다고 죽자 살자 따라다닌 불쌍한 공장 애가 있었는데, 형편도 안 돼서 그냥 살았어. 월급날이면 엄마가 회사 앞에 기다리다 봉투째 빼앗아갔어. 전부터 그랬거든. 지게질로 돈 벌다 계단에 넘어져 드러누운 아버지 약값에 동생들 학비, 식구들 입에 풀칠하기도 어려웠거든.

너 중학교 나오고부터 중국집, 다방 심부름, 학교 소사 안 한 일 있었냐.

어느 날 야간하고 밤늦게 회사 나오는데 누가 다짜고짜 멱살을 잡았어. 날 끌고 후미진 창고 뒤로 갔어. 깡패로 소문난 마석 형이었어. 각목으로 무조건 때리기 시작했어. 얼마나 세게 매타작을 하는지 정신이 하나도 없더라. 선영이 니를 언제 만났냐? 배때기 몇 번 붙었냐? 여관 몇 번 갔느냐? 바른말 하면 살려준다고 억센 손길로 목을 조여오는데 정말 죽는 줄 알았어. 너를 단 한 번 만났다고 실토가 나와버렸어. 마석 형은 미친개가 되어 커다란 돌로 날 짓이기기 시작했어. 머리에 난 피가 뜨뜻하게 얼굴로 흘러내리고 팔다리가 부러지는 것 같았어. 내 비명에 사람들이 나오자 그는 어둠 속으로 유유히 사라졌어. 나는 기절하였고. 병원에서 얼굴과 머리 팔 허벅지 다리 등 백 바늘도 더 기웠다고 하더라. 엄마는 그 애 봉급까지 빼앗아갔지. 우글대는 동생들, 병신이 된 나, 결국 착한 사람이 떠나갔어.

신마석 그 인간이 기어코 너를 못살게 하였구나!

운명인지 죽는 것도 맘대로 안 되더라. 식구들 온갖 구박 욕설 들어가며 일 년을 누워있다 집을 나왔어. 인연을 끊었어. 살려고 병신 안 되려고 재활 치료 등 기를 써봐도 다리는 절뚝거렸어. 다리 때문에 노가다도 못 하고 고민 끝에 기술 배우러 시계방 시다로 들어가 입만 얻어먹고 허드렛일 다 하고 시계 고치는 기술을 밤잠을 안 자고 익혔어. 10년이 지나 서면에 작은 시계 점포를 열었지. 그때는 시계가 잘 팔렸거든. 자식들 중고등학교, 대학에 진학하면 손목시계 사 주는가 하면 지인들 집들이 선물로 벽시계가 잘 나갔어. 그리고 여자가 생겼지. 예쁘장한 여자였어. 옛날 그 애에게 월급봉투 못 준 게 너무 후회돼서 돈을 맡겼어. 그런데 여자가 이 년 만에 돈을 다 챙겨 나가버렸어. 시장 상인들 곗돈까지 앞 번호 빼서 갔더라고. 뒤에 알고 보니 애 딸린 여자였어. 나는 여자 복이 없다 싶더라고. 혼자 사니 제일 편하더라.

영우야 어떡해! 참 힘들게 살았구나.

아니야. 사랑도 미움도 세월처럼 지나가더라. 어느 날 이곳 산복도로에 볼일 보러 왔다 편지를 부치면 일 년 후 수취인에게 도착한다는 유치환의 느린 우체통을 보고 편지를 쓰고 싶었어. 일 년이 잠시 가더라. 다시 편지 보내고, 너 잘 있나 싶고, 나 잘 있다고 전하고 싶어서.

영우야, 나한테 편지 몇 해나 보낸 줄 알기는 하냐?

몰라. 산복도로 구봉산 벚꽃이 흐드러지게 피면 선영이 너 생각이 났어.

일 년 후에 찾아오는 느린 편지 다섯 번 받았어.

선영은 영우의 손을 꼭 잡았다. 따뜻하다. 부둣길 너머 검푸른 바다로 쓸쓸한 눈길을 보내고 있는 영우가 애잔하게 보인다. 선영은 저 멀리 바다에 정박하고 있는 크고 작은 선박들을 바라보았다. 오대양 육대주를 호기롭게 누비고 다녔을 선박들이 아닌가.

너한테 행패 부린 그 사람 벌써 갔어. 나는 우리 아들하고 살아.

선영이 넌 고생한 보람이 있구나. 다행이다!

다행이라는 영우의 눈빛에서 진심이 느껴졌다. 그들은 천천히 산복도로를 걸었다. 선영은 만개한 벚꽃길을 걸으니 마치 꿈속 길을 걷는 듯했다. 구봉산 자락 여기저기 붉게 핀 진달래꽃이 보인다. 아들이 떠올랐다.

어려운 환경에서도 쑥쑥 잘 자라준 아들은 중학생 때부터 식당에 나와 국수 배달을 하고 설거지를 도왔는데 옛날을 기억하는지 꼭 한 번 심중의 말을 하였다.

엄마, 나 옛날에 아빠가 너무 무서웠어. 날 보는 눈길이 소름 끼쳤어. 난 적어도 남에게 피해 끼치는 사람으로는 살지 않기로 맹세했어.

남에게 피해 주지 않고 배려할 줄 아는 청년으로 자란 아들은 서울 명문 법대를 나와 그 어렵다는 사법시험을 두 번 만에 패스하여 지금 사법연수원에서 연수받고 있다. 아들을 생각하니 선영은 마음이 저절로 따뜻하고 푸근했다. 마석이 죽고 미련 없이 부산을 떠났다. 세상천지 의지할 곳 없어 대구 서문시장에서 장사하는 사촌 언니에게 들러붙어 식당일을 돕다 3평 잔치국수 가게를 세 얻었다. 그 뒤 악몽 같았던 서문시장 화재를 딛고 그녀는 오뚝이처럼 다시 일어났다. 걱정하고 도와준 이웃과 손님들에게 국수와 어묵을 덤으로 얹어 보답했다. 삶의 든든한 버팀목이자 자신의 목숨보다 중한 태훈이 있기에 그녀는 언제나 웃었고 누구보다 씩씩했다. 365일 시장에 사는 그녀에게 언젠가 태훈이 물었다. 엄마 눈감고도 잘하는 국수 어묵 장사로 행복하냐고. 우리 걱정 없이 살게 찾아주시는 손님들과 눈만 뜨면 얼굴 보는 시장 아지매들이 있어 행복하다고 했다. 식당도 넓히고 노후 걱정 없을 만치 돈도 벌었다. 태훈이 부탁처럼 이제는 쉬어가며 좀 천천히 가야지. 머리 맑아진다는 편백나무숲도 거닐고 설악산 내장산 단풍도 보러 가야지.

영우와 선영은 대화가 막히면 옛날을 더듬었다.

선영아 너 그때 진짜 예뻤다. 언젠가 추석에 새 연분홍 치마저고리 입었잖아. 네 생각만 하면 그게 떠오르거든.

나는 네가 불던 하모니카 노래가 그리웠어. '연분홍 치마가 봄바람에 휘날리더라' 하고 '이별 슬픈 부산정거장'을 잘 불렀지. 그런데 왜 너는 당시 많이 유행하던 남진이나 나훈아 노래 부르지 않고 옛날 노래만 불렀는데?

그건 동네 어른들이 그런 노래만 자꾸 부르니 내 귀에 박혀서 그랬을 거야.

요즘도 하모니카 부니? 혹시 오늘 그거 가져왔으면 듣고 싶은데.

통 안 불렀어. 들어줄 사람도 없는데 뭐.

우리 혹 다음에 만나게 되면 하모니카 연주 들려줄래?

그럼. 너도 '봄날은 간다' 하고 '이별의 부산정거장' 노래 불러야지.

그들은 자신들이 한 말에 어이가 없어 킥킥 웃어버렸다. 옛날로 돌아간 듯하다.

선영아, 내가 보석상 겸하면서 네게 꼭 반지 하나 해주고 싶었다. 받아줄래?

반지를?

영우는 망설이다가 품에서 자주색 우단 반지 통을 꺼냈다. 반지의 중앙에는 푸른 빛을 띠는 사파이어가, 주변에는 빨간 루비 여섯 개가 동그랗게 박혀 있었다. 선영은 순간 망설였다. 거절하면 영우가 너무 슬퍼하지 않을까.

만나자는 네 편지 받고 까맣게 잊고 있던 이 물건이 생각났어. 아주 옛날에 만들었거든. 가끔 이거 꺼내 보면서 오늘을 기다렸어. 이 반지 주인 찾아주려고.

고마워. 받을게. 이왕이면 끼워줘!

선영이 왼손을 내밀었다. 영우는 반지를 꺼내 거칠어진 선영의 약지에 끼워주었다. 반지는 맞춘 듯 그녀의 손가락에 꼭 맞았다. 가슴이 울컥했으나 선영은 눈웃음을 지었다.

고마워. 예쁘네.

사월의 햇살이 거두어지자 가로등이 켜지고 빨강 노랑 파랑 지붕 아래서 별빛이 반짝이기 시작했다. 옛날 밤하늘에 쏟아지던 별들 대신 숱한 불빛들이 지상에 반짝거렸다.

　난 이곳이 그립지도 않은데 꿈꾸면 꼭 여기 꿈꾼다. 이상하지.

　나는 그때 별들만큼 아름다운 별은 못 봤어. 선영아 배고프지. 맛있는 밥 먹으러 가자.

　응 그래. 영우야 내 소원 하나 들어줄래?

　무슨 소원인데? 내가 할 수 있는 일이면 기꺼이 들어줄게.

　그게, 그게 말이다.

　선영은 쉬이 말을 꺼낼 수 없었다. 말 꺼내기가 좀 부끄러웠다.

　우리 가짜 결혼 사진 한번 찍어보면 어떻겠니? 싫지?

　가짜 결혼 사진? 그거 찍어서 뭐 하려고?

　영우가 눈을 둥그렇게 떴다. 세월이 흘러도 그 눈빛만은 옛날처럼 선하고 맑다. 바람이 불어 연분홍 꽃잎들이 흩날려 그들의 머리 위에 나비처럼 앉았다.

　선영아 네 머리에 꽃잎 붙었어. 참 예쁘네! 잠깐만 지금 사진 찍어줄게.

　영우는 핸드폰을 열어 그녀의 사진을 몇 번이나 찍었다.

　그런 사진 말고 결혼 사진 찍었으면.

　가짜 결혼 사진?

　이제는 말도 안 하지만 우리 아들 어릴 때 묻더라. 엄마는 왜 결혼 사진 없냐고. 친구들 집에는 엄마 아빠 결혼 사진 커다랗게 붙여놨다고. 그런데 난 꾸어서라도 웨딩 사진 찍을 남자가 없었어. 더 늦기 전에 하얀 드레스 입고 결혼 사진 한 번 찍고 싶어.

영우가 그녀의 슬픈 눈을 응시하며 조용하게 말을 꺼냈다.

선영아, 너 그때 왜 갔니? 금방 약 사온다고 기다리라 했는데.

옛날 이야기를 하냐. 몰라, 난 벌써 다 잊었는데.

얼마나 너를 찾았는지, 날마다 168계단에서 너를 기다렸어. 너 손목 끌고라도 달아나려고 했어. 아, 배고프지?

나 밤차로 대구 올라갈까 봐.

가짜 결혼 사진 찍는다면서 그냥 갈 테야?

그럼 사진관 갈 거야? 고마워! 사진 진짜 진짜로 잘 찍는 웨딩 전문 사진관 갈래.

그게 그렇게 찍고 싶니? 나는, 나는 네가 원하면 뭐든지 다 들어주고 싶어.

영우와 선영은 손을 꼭 잡고 추억이 서린 골목길을 내려오기 시작했다. 168계단처럼 가파르게 서럽게 살아온 지난날. 오랜 그리움에 가슴 시렸던 나날들. 영우의 얼굴에 아들 태훈의 얼굴이 겹쳐지며 떠오른다. 나의 전부이자 내 삶의 원천인 내 아들! 엄마가 행복했으면 좋겠다던 아들, 이젠 내 품을 떠난 아들에게 부담되지 않는 엄마로 살 것이다. 아직 늦지 않았겠지. 내 인생에도 봄날이 남아 있을까? 늦게 핀 꽃도 아름다운데. 영우야, 언제 우리 아들 한번 데리고 와 네게 보여줄게. 의젓하게 잘 자란 우리 아들 말이야. 그 애가 자랄수록 널 닮아

가더라. 어미 속 태우지 않고 반듯하게 잘 자랐거든. 분홍 꽃잎 하나가 그녀의 콧잔등에 붙었다. 영우가 빙그레 웃는다.

그녀의 가슴에 봄날의 아지랑이가 피어났다.

영묘산
진달래꽃
필 적에

···

나는 오늘 다른 날보다 일찍 일어났다. 다섯 시다. 남편도 밤새 몸을 뒤척이더니 깨어 있었다. 우리는 조촐한 아침 식사를 하고 집을 나섰다. 산소 파묘 때문에 시골집에 가는 날이다. 두 달 전 시삼촌께서 전화를 주셨다. 남편은 그날 일찍 올라가겠다고 했었다. 이장 날이 음력 윤사월 초닷새로 잡혔다는 연락이었다. 고향에 사시는 삼촌과 당숙들께서 이장준비를 하신다고 했다. 옛날부터 재 넘어가는 고갯길에 봄이면 진달래가 많이 피어 진달래나뭇길로 불리던 영묘산(榮眇山) 산길이 좁아 자동차 한 대 다닐 수 있는지라 군에서 도로확장공사를 한다고 지난가을 통지가 왔었다. 도로 위쪽이 선산인지라 조상님 산소 몇 기를 파묘해야 한다고 했다. 후손인 집안 남자들이 참석하여 이장 전문 업체를 불렀다고 했다. 지금은 시제를 올리고 있는 남편의 증조부님과 증조모님 산소도 포함되었다. 사실 근래 와서 조상 무덤 관리가 심각해졌다. 멧돼지가 내려와 산소를 심하게 파헤쳐 보기도 민망하고 곤혹스러웠다. 한식날 잔디 뗏장을 새로 입히고 원상복구 해놓아도 멧돼지의 해적질은 계속되었다. 세월 따라간다고 십여 년 전 집

안에서 몇 번의 문중 회의를 거쳐 선산에 봉안당을 지었기에 이제는 집안에서 초상이 나면 화장하여 유골을 봉안당에 모셨다. 이번에도 유골을 수습하여 그곳에 모신다고 하였다.

고향 집까지는 자동차로 두 시간 거리이다. 나는 또 한나절 빈집 청소를 해야 할 것이다. 십 년 전 시어머니가 돌아가시고 빈집으로 남은 본가에 우리는 가끔 들렀다. 설 팔월 명절차례를 지낸 후 부모님 조부모님 산소를 찾고, 일가들이 다 모이는 집안 행사인 칠월 벌초를 가고 가을이면 산소와 봉안당에서 지내는 시제에 참석하였다. 빈집에도 봄날이면 화단에 자주색 목단꽃이 부얼부얼 피어나고 담장에는 시퍼런 담쟁이가 기세 좋게 뻗어 나갔다. 손을 놓친 뜨락의 앵두가 시들하게 떨어지고 초록 자두는 탱글탱글 영글어간다. 매실나무의 초록 매실들은 크고 작은 게 섞여 제멋대로 익어갔다. 백 년도 넘었다는 네 칸 기와집은 이제 너무 낡고 퇴색하여 애잔한 마음이 든다. 왜소해진 사랑채는 아예 문을 닫아놓았다. 안방의 장롱이나 부엌의 세간들이 초라하기 그지없다. 뚜껑이 깨어지고 먼지까지 뒤집어쓴 장독대 항아리들이 을씨년스럽다. 집이든 세간이든 주인이 쓸 때 제일 반짝반짝 빛나고 아름답다는 걸 절실히 느낀다. 애써 가꾸는 잔디마당은 제멋대로 자란 온갖 잡풀들에 점령당하여 풀밭이 되었다. 봄 여름 집에 올 때마다 낫으로 베고 예초기로 밀어도 감당이 안 되게 돌아서면 성성해지는 잡초들의 끈질긴 생명력이 감탄스럽다. 옛날 식구가 많아 웅성웅성했고 설 팔월 명절 새벽이면 대소가 며느리들이 다과상을 들고 집안 어른들께 인사 다니느라 분주하고 시끌시끌했었다. 집안에서 항렬

차례로 제사를 지냈는데 아버님, 숙부님, 당숙을 비롯한 어르신들과 조카뻘 아이들까지 제군이 엄청 많아 방 마루 마당에까지 자리를 깔고 차례를 모셨다. 아침 일찍 싸리비가 지나간 넓은 마당은 돌멩이 하나 없이 뽀얗고 정갈했었다. 이제는 집안 대소가도 연세 많은 어른이 돌아가시면 그 집은 빈집이 되었다. 동네도 빈집이 늘었다. 오래된 집들이라 헐어 새로 짓지 않으면 들어와 살기도 불편하거니와 다들 직장과 자녀들 학교가 달린 문제라 귀농이나 귀촌이 어려웠다.

산에서 내려온 남편의 손에는 푸른 보자기가 들려 있었다. 남편은 다용도실에서 작은 상을 찾아와 행주로 닦더니 상 위에 푸른 보자기를 올려 놓고 조심조심 보자기 매듭을 풀었다. 보자기를 풀자 흙이 묻은 거무튀튀한 돌이 나왔다. 그냥 돌이 아니라 직사각형의 묵직한 돌함이었다.

그게 뭐예요? 옛날부터 산소 물건은 집에 가져오지 않는 거라 하던데. 그 안에 뭐가 들었기에 집까지 들고 왔어요?

오늘 파묘한 증조할머니 무덤에서 나왔어요. 인부들이 조심스레 봉분을 파는데 난데없이 돌함이 나왔어. 옛날에 무덤 옆을 열고 묻은 거라고 말씀들 하시더라고.

아니 이거 돌함 같은데 무슨 문서일까?

맞혀봐요.

글, 글이라… 산소에서 무슨 글이 나와요?

당신이 전에 옛글 즐겨보던 생각이 나서 당신 보여주려고 우선 내가 갖고 왔어요. 난 좀 씻어야겠어.

유심히 돌함을 들여다보았다. 무게가 제법 나갔다. 깨끗한 수건을 물에 적셔서 돌함을 닦으니 검회색 빛이 났다. 자손들 이름 새겨 무덤 앞에 놓인 상석 같은 색상이었다. 그러나 돌함의 앞에도 뒤에도 글자 하나 없었다. 가슴이 두근거렸다. 눈을 감고 심호흡을 했다.

조상님, 할아버님, 할머님 살펴주소서! 원이 있는 문서 후손이 열어 보겠습니다!

흰 면장갑을 끼고 야물게 닫힌 돌함 뚜껑을 조심스레 열었다. 함 안에는 누렇다 못해 검게 짙은 황색 종이가 나타났다. 산에서 아주 조금 펴 보았는지 맨 위쪽 종이가 조금 들떠 보였다. 조심조심 돌함에서 오랜 세월 착착 곱게 접혀 있던 문서를 꺼내었다. 눅눅하고 퀴퀴하고 매캐하기도 한 이상한 냄새가 코를 찔렀다. 다락에 처박아 둔 오래된 묵은 책 냄새가 진동했다. 마루 문을 활짝 열어 바람을 불러들였다. 그래도 눅눅했다. 종이를 펼쳐 보니 절반으로 접어 붓으로 먹을 찍은 뒤 위에서 아래로 정성스레 써 내려간 언문 필치가 가슴을 철렁거리게 했다. 숨을 내쉬고 호흡을 가다듬고 마음을 진정시켰다.

그대여 영령이시여 보소서

그대여 정축 오월 십오일은 이몸 여산 조재옥
천생배필 인동장시 그대가신 지일이라 재배통곡오호애재라
부모님근심하실가 의연하게지나는 이내심사 그대는아시리요
하루밤지나기가 억겹인데 무정세월은 강물갓치흘러가오

천지간귀한 것이 부부밧게또있는가 어린자식두고간 한이여
그대는 조부모님 내리사랑받으며 자라나 근엄하신 아바님
훈계하사 효부열녀전 낫낫히 일러두어 덕행으로 뽄을바다
칠거지악 경계하고 삼종지덕 배워내고 인자하신 어마님
침선방직 가르쳐서 덕행으로 길러시어 부모님께 효양하고
제종간에 돈목하니 뉘아니 칭찬안허리 세월이 잠시흘러 꽃가튼
이십이라 외람히 귀문에 허혼하야 박덕한 이내몸에 귀한인연되어
조헌날 가려내니 받은날이 게유년춘삼월 열이레날이라
춘풍은 명랑하야 하늘높고 영묘산 진달래꽃 앞다투어
피어나고 앞산의 저송죽은 청정하게 가지가지버더나고
이러한 호시절에 백마편으로 행장을 재촉하야 귀문에 드러가니
지세도 좋어니와 풍광이 수려하다 전안을 정한후에 교배석에
나아가서 활옷에 족두리쓴 아미숙인 신부와 동서로갈라앉아
한잔술부어드니 백년가약 맺어도다 석양이 비겼갈제 동방화촉
드러가니 아릿다운 신부모습 눈둘곳을 몰랏노라 꿈인가생시인가
천년만년 보고지고 동방화촉 깊은방에 원앙침베고 누우니 춤추는
나비든가 노래하는 꾀꼴인가 청춘에 맺은인연 백년해로기약하리
재행삼행 다녀온후 신행이 법례거늘 좋은날택일하여 갑술년
추팔월 모일이라 황국은 만발하고 단풍은물들어 가마타고오신
그대 새사랑마저니 조숙한태도와 선한심덕으로 부모님께 효양하고
음식솜씨가상타 아랫사람솔선하는 덕행은 어여뿌다 칭송하시네
미거한이가장 학업을힘을써서 뒷영화보옵소서 이말슴 깊이듣고

본시 재주는 없아오나 글공부할나하고 서실로드러가니 둔재한
이내공부 성공하기 어렵도다 부부간 깊은정이 이밧게 또있는가

우연히포태하야 부모님이 생남하기바랏드니 을해년 하유월에
나호니 여식이라 어찌 남녀를 가러리오마는 어른보기 미안하세
아무리여식인들 자정이야없을손가 벽오동나무심어 혼수로키워보세
딸낫으니 아들도 나으리 뒷명화약속하고 생전해로바랏드니 야속한
모진병이 골육에깊이들어 불철주야구완하고 백약으로 다스려도
효험이없는지라 병석에누운마음 야속히생각마소 무정함아니로세
어마님일구월심 새벽마다 정안수떠다노고 며늘아기낫게하소
두손모아 빌고빌어 속타는이내심정 나타내기어렵도다
비나이다하나님아 비나이다저귀신아 현숙한 우리아내 병세를
감해주소 하루속키 완치되어 만수무강하여주소 그대 섬섬약질
가는몸에 인삼녹용약을쓰나 약효험이 더디는가 태산갓은병이들어
부르나니어마님이요 찾는것이냉수로다 지어미 소생할수있다면
무슨일을마다하리 지각없는 이가장이 업드려 빌고도빌엇건만
조물이시기하고 가운이불행하야 사년동거못다하고 영결토록한단말가
병중에객침되어 소생하기어려운가 약사발거머들고 근근히 떠멕이니
잠시잠간환생하야 영약인줄 반겻더니 오일도못채우고 눈감는
단말인가
영영이별인가 어허통곡뿐이로세 꿈인가헛꿈인가 눈한번만떠보시오
슬퍼하니우럼이요 흐러나니눈물이라 인간에끼친혈육 일여식뿐이로다

세살아해하는짓이 죽은엄마 손을잡고 가슴으로올라가며 젓달라우는소리

애간장다녹누나 하늘도 무심하다 초년상배 무슨일고 오호애재라

세빗바람찻게불고 밤비슬피올제 가련한 영의혼 그어디 붙어살고

이데지 처량한줄 그것지모르리오 원통한 영의넉시 구천의염왕께

눈물로하소하면 매몰찬염왕도 한번소생시켜주리요 이내마음 꿈갓이

꿈속갓이 헛부도다 가소롭다 헛헌정신 수습하야 날랜놈을 보내어

친가에

통부하니 저문밤 처량한 울음소리 동구에 들리거늘 천지돈지

내다보니 영의 두동생이라 두손을 마주잡고 통곡하니 강산이

적막하다

영의동생들 누에님아 누에님아 동기간 정의를 이다지 모르나이까

비보에무너져 통곡도못하시는 부모님 참혹한심정 누에님은아시리요

슬피슬피체읍하니 참혹한 그형상을 어찌말로하고 두눈뜨고보오리요

정신을수습해서 향물에세면시키고 분물로화장하니 아릿다운 내안해여

그대여제발하고 정신을차리소서 불러도대답없는 사람이여 이내마음

일일이처량하다 빈방에도라오니 주인업는 저농짝은 나를보고슬퍼한듯

춘하추동 지은의복 저저히 재여나니 절절한 영의손길 실실히

맺혀잇어

매사에 회포로세 조년상배 나의눈물 구비구비흐르도다 오호애재라

발근달꽃가지에 두견이슬피울제 가련한 영의혼이 그어디의지하며

처량한그마음 그누가 달래주리요 헛부고 무상하리 그대 영이시여

그대남긴 일점혈육 이아해를 뉘라서길너냅고 후덕하신조모님이
훨훨히 길너넨들 무모한 이아해 무병하기어렵도다 어미잃어얽은병
형용이초췌하고 피골이상접하니 엄마품이영약이라 약이야알건마는
그약엇기어렵도다 이아해 없어지면 영의 골육또있는가 영혼아영혼아
무량히도와주소 이아해 곱게자라 지새끼생산하여 엄마포원풀어주소
지관불러 조촌산지갈라내니 그대생전에 좋아하던꽃 진달래길산이오
그대진정 집떠나시오 북망산천 가는날 위패 앞세우고 명정서고
영의육신 꽃상여태워 상두군메고 발인할제 딸아해 울고불고
어허이 어야 어허이 어야 어허 어허 간다간다 나는간다 어허 어허
상여소리처량하리 온동네 여인네들행주치마 눈물바람받어내고
그대혼령 차마 털치고가지 못하여 제자리돌며 어허어허 이제가면
언제오나

만첩간장 다녹는다 슬슬한 무주공산 누가불러가시려오 누구보러
가나이까

사시에 하관하고 오시에 평토하여 영을두고 돌아올제 고금을 살펴
봐도

지어미묻고오는 지아비심사 세상에 처량한일 이일이아니던가
골짜기흐르는물소리 그대영령 눈물인가 지아비눈물인가
영이여혼령이여 삼단머리 손톱발톱 살집골수는 흙으로 도라가고
눈물코물피고름은 물로도라가고 움직이던 기운마저 바람으로 흩어지니
애달픈영의몸 어디에남으리요 태어난자죽는 허망한생사고해 비천을
가리고

노소를비켜가리 인간세간에 못볼것이 죽엄이 아니던가 밤하늘 적막하고

바람은처량한데 북만산 도라드니 의지업시 우는귀신 영의혼아니런가

지난업장 다버리고 명문에 속현하야 백자천손버러나서 백수를 누리소서

부부정의와 박절한이내마음 이기지못하여 두서업는노탄과 일천줄 글로서

영의혼 위로코저하오나 지아비 서럼을 불매영혼아 아는가모르는가

그대병줄 낫게못한 지아비 죄업은 내 눈감을 시까지 안고가리다

이승의지아비 조재옥이 저승의지어미 인동장시영에게 한잔술 바치노라

문서함 바닥에 두껍지 않은 서간이 하나 더 담겨 있었다.

보고시픈 그대여 영의 혼은 들어시오

무심한세월은 그대떠난지 한해두해세해가 지나갓소

구름에비바람에 세월지나고 바람갓이물갓이 이내마음흘러갓소

영묘산진달래는 봄마다 피가튼꽃을 피우건만 그대는감감이오

그대가좋아하던 진달래꽃 봄날에그대품에 앵겨드려소

사람가고성근빈자리 날가고달가며 잊어리라지나온대

발근달푸른별은 이내심사처처하니 이데지처량하리오

다홍색활옷에 구슬족두리쓰고 연지곤지곱디고운 그대모습

백년가약동방화촉 꿈이던가생시던가 영의혼은 대답하소

딸아해아즉도 엄마찾아방방이 헤매니 애간장다녹으리

꿈에라도나타나 그아해안아주고 눈물닥을줄모르는가

야속한영이시여 야박한혼령이시여 삼도천건너갈제 애통한

나의부름들어소 못들어소 어미찾는딸아해 우럼소리못들어소

처처에영의흔적 방방이영의세간 의대마다영의손길어이하리

조상도외면하고 하늘도무심하고 귀신도야속하리

삼신할미점지해준 명줄이그리도자르던가 유의태의술못만난

탓이던가 지아비정성 부족하여 훌훌이가셨는가

백년헤로바랏드니 동방화촉맺은언약 어디두고 울며붙여가셔는가

모두가불민한 이내탓이니 영의혼은지아비 두고두고원망하소

무심한산천초목도 새봄에도라오는데 그대한번을못오시는가

사방이적막강산 허허하고애달픈 이내심사 어디다비기리오

홀연이잠이들어 보고시픈그대만나 옥수를부여잡고

그리운회포와 사모하는그정리를 만단설화하자드니

무심한저두견이 나의문밧 슬피우니 꿈길이허사로다

그대영이시여 염라왕전하소하여 하루밤만댕기가소

원앙금침비고 손잡고누워으매 연연한그대얼골 밤세워

바라보다 하루밤새백발되어도 마다안으리오

지아비잘못만나 꽃가튼나이에 영영떠나가셨으니

가슴치는후회로 눈물로지새운들 영의혼은아시리오

내생이잇어면 무간지옥에빠져도 그대다시만나리

영의지아비 조재옥 피로쓴서찰 그대에게보내오니

그대영이시여 혼령이시여 부디부디극락왕생하소서

삼동이 지나고 봄이 왔다. 햇살 가득한 뽀얀 마당에 땅 기운이 모락
모락 연기처럼 피어오르고 장독대 가장자리로 연녹색 고운 새싹들이
뾰족뾰족 자라고 있다. 키 작은 앵두나무가 앙증맞은 연두 새잎을 내
놓고 유월에 향기 진한 흰 꽃을 소담스레 피워내는 치자나무 초록 잎
은 기름을 바른 듯 반질반질하다. 민들레가 흰 꽃대를 올리고 보라색
제비꽃은 지천으로 피었다. 추위에 바르르 떨며 성급하게 꽃을 피웠
던 매화나무는 이제 푸른 잎을 달았으며, 성성한 황매가 죽죽 가지를
늘린다. 황매꽃을 쓰다듬으며 달콤한 향기에 취해본다. 새봄, 따스한
햇살에 천지가 우쭐거린다. 키 크기로 나란히 자리한 장독대 항아리
들도 반질반질 윤이 흐른다.

거기서 뭐 하고 있소?

맑고 부드러운 서방님 목소리다. 어느새 가까이 온 서방님 한 손이
내 어깨에 올려져 있다. 푸르른 청솔처럼 풋풋한 얼굴에 선한 눈빛이
며 방금 면도를 한 푸릇한 턱이며 빙그레 미소진 정든 얼굴이 내 가
슴을 뛰게 한다. 서방님은 북청색 바지에 옥색 마고자 차림이다. 팔딱
팔딱 뛰는 가슴 들킬까 얼른 돌아섰다. 괜히 무안하고 부끄럽다. 서방
님 모습이 너무 훤해서인지 봄 햇살이 너무 밝아선지 자꾸만 눈이 시
리다.

저기, 황매가 피었어요. 구경하고 있는데 어른들 보시기 전에 어서 나가서요.

보고 있어도 보고 싶은 내 사람을 살짝 밀어내었다. 그러나 요즘 들어 키가 훌쩍 더 크신 서방님은 한 치도 밀리지 않고 내 허리를 슬쩍 껴안았다. 무엇이 재미있는지 익살스레 웃고 있다. 기절할 일이다. 냅다 그의 가슴을 한 번 더 밀어냈다.

어른들 다 나가시고, 일꾼은 들에 가고 옥분이도 사촌 형님댁 기제일 거들러 가고 집에는 그대와 나 우리 둘만 있는데, 이런 날 아니면 언제 당신 품어보리오!

서방님은 재빨리 내 겨드랑 밑으로 팔을 넣어 끌어안고 몇 바퀴나 빙빙 돌리고 나서야 나를 내려놓으니 빨간 치마가 봉긋하니 부풀었다. 서방님이 귀밑으로 흘러내린 내 머리카락을 손으로 쓸어 귓불 뒤로 넘겨주고 샛노란 황매꽃 하나 꺾어 빨간 댕기 감아 꽂은 옥비녀 머리에 꽂아 주신다.

그대 너무 아름답구려! 노랑 저고리 입은 선녀 같소. 비녀 머리도 뽀얀 구도 참 예쁘오. 담에 우리 살짝 뒷산 진달래꽃 구경하러 가요.

서방님은 내 몸을 와락 당겨 품에 꼭 껴안고 내 이마에 얼굴을 묻고 한참을 그러고 있다. 맞닿은 가슴으로 펄떡펄떡 뛰는 서방님의 심장소리가 물레방아 소리보다 크게 들린다. 나는 내 얼굴이 점점 붉어짐을 느꼈다. 사랑을 받으니 눈물겹게 행복하다.

안 먹어도 배부르다는 말 이럴 때 쓰는가. 시어른들 인자하시고 서방님 사랑받으니 삼시 세끼 차리는 조석도 어른들 의대며 서방님 입성 침선 손질도 신이 나서 재바르다. 새아가, 저고리 도련 어여쁘다 깃 달이도 참하도다, 손끝이 야물고나. 아바님 두루마기 입으시고 나서시니 볼수록 의젓하시다. 새아기 침선 손질 이리도 출중할까. 주시는 사랑 감사하여 더욱 조신한다. 칭찬은 부엌 강아지도 꼬리 치는데 일일이 칭찬하시니 어찌 나의 수족 아끼리오. 새아기, 새댁, 새 질부, 새사람 등 나에겐 새것 같은 청결한 새 자가 늘 붙는다. 어른들 귀염받고 서방님 사랑받으며 날 가고 달 가고 언젠가부터 몸의 것이 안 보이더니 입덧이 나타나더라. 어른들 반기시는 모습에 황망하고 부끄럽고, 서방님이 이 몸 사랑하기가 그 어디다 비길 리요.

새아가, 모난 곳 가지 마라, 마루 끝 앉지 마라, 궂은일 보지 마라. 구미에 당기는 음식 무엇이든 말하거라. 배 속의 우리 자손 먹고 싶다는 걸 무얼 못 해주리오.

잘못하면 큰일날까 불면 날아갈까 조심하고 또 조심하며 내 몸의 새 생명을 보듬었다. 출산일이 다가오면서 꽉꽉 질리는 질림 배 진통이 너무도 힘들었지만 참아야만 했다. 예정일을 넘기자 집안 어르신들께서 걱정하시며 산바라지 돕는다고 날마다 오셔서 학수고대 기다리시니 미안함에 얼굴을 못 들겠다. 사흘간 모진 진통 끝에 죽을힘으로 숨 몰아서 배 속 아이 밀어내고는 혼절하고 말았다.

아가야 새아가야! 정신 차리거라! 핏덩이 던져 놓고 기함하면 어떡하누! 삼신 할매 도와주소 조상님 살려주소! 하나님 돌봐주소!

얼굴에 찬물 뿌리고 손발 주무르고 가슴을 훑어 내리고 집안 어른

들 난리에, 마당에서 전전긍긍 기다리던 서방님 한달음에 뛰어 들어와

　부인 정신 차리시오! 부인 제발 정신 차리시오!

　산이라도 울릴 쩌렁쩌렁한 외침에 퍼뜩 정신이 돌아오더라. 산모 상반신을 가슴에 안고 피를 토하듯 날 부르는 우리 서방님!

　당신의 지어미 되었음에 하늘에 감사드립니다! 당신 자식 낳아드려 너무 기쁩니다.

　산모 정신 차렸네. 어서어서 미역국 들이거라. 갓난쟁이 목욕시키게 따신 물 들이거라.

　아 우리 아기!

　강보에 싸인 아기를 돌아봤다. 뽀얀 얼굴이 정말 작았다.

　딸이요?

　서방님이 고개를 끄떡인다. 딸, 딸아이인가보다. 유달리 부른 배였기에 내심 아들 바랐는데 두 분 어른 섭섭하셔서 어쩌나? 미안해서 어떻게 뵐지. 서방님께 민망해서 어쩌누. 맏딸이 살림 밑천이라지만 아들 먼저 턱 낳고 딸 낳으면 걱정이 없는데.

　딸 낳았으니 아들도 낳으리다. 어서 몸 추스를 생각만 하시구려. 이만하기 천만다행 아니오. 내년 봄 후원에 벽오동나무 한그루 심읍시다.

　그럼요 서방님, 다음에는 아들 생산하리다. 기다려 주시어요.

　산후병인지 자꾸만 몸이 처진다. 산후조리도 할 만큼 하고 잉어니 족발이니 뭐든지 좋다는 것 많이 해주시어 젖이라도 줄줄 나오게 억지로 먹었다. 시어른 사랑으로 아직 부엌에도 안 들고 찬물에 손도 못

넣게 하시었다. 입맛이 없어 잘 먹지 못하니 갓난쟁이는 젖 달라고 울며 보채었다. 어른께서 만드신 암죽으로 갓난아기 배를 채웠다. 꽃잎 같은 입을 달싹이며 쪽쪽 입맛을 다시며 받아먹다 배가 부르면 스르르 잠을 잔다. 미안해 아가야! 이 엄마가 정말 미안해! 금쪽같이 귀한 우리 아기인데. 하루가 다르게 자라나는 아기는 눈에 넣어도 안 아픈 내 기쁨이요 샘솟는 내 행복의 원천이었다. 그래, 우리 아가야 오동나무처럼 쑥쑥 자라거라!

내가 죽었다. 내가 죽어 있다. 죽은 내가 보인다.

시집올 때 혼수로 가져온 병풍으로 가리개를 쳤다. 내가 언제 죽었는데? 도대체 언제 죽었단 말인가? 죽었으니까 저렇게 꼼짝을 않고 누웠구나. 내 눈에 내가 멀쩡히 보이는데 아, 내가 숨을 쉬지 못하구나. 숨을 못 쉬니 죽은 목숨이구나. 서방님이 넋을 놓고 있다. 좌우로 머리를 흔들며 다시 내 손을 부여잡는다.

부인, 한 번만 눈떠보시오! 나 한번 쳐다보시오! 한번 가면 다시 못 올 길인데 무에 그리 성급하게 가시려오? 나는 어쩌라고, 우리 진아 어쩌라고. 표독한 저승사자도 애원하며 들어주리. 삼도천 건너기 전에 부부 이별하고 모녀 하직 시간 쪼금만 달라 하소. 부인! 부인 제발 부탁이니 내 말 좀 들어보소!

서방님은 내 가슴에 쓰러져 흐느끼기 시작했다.

백년해로 굳은 언약 어디다 내던졌소? 그대 보면 아직도 내 가슴 설레는데, 사랑채에 있어도 공부도 안되고 그대만 보고 싶은데, 이 마음다 걷어가면 나는 어찌 살라 하오? 우리 부부 금실 좋다고 귀신이 시샘하였나, 하늘이 노여웠나? 살면서 부모님께 효도하려 애쓰고 큰 죄 안 짓고 남에게 나쁜 짓 안 하고 부리는 사람에게 몹쓸 짓 않았건만 이 무슨 천벌로 어린 자식 딸린 내 안해를 데려간단 말이오!

서방님 제가 전생에 지은 죄 많아 그러합니다. 어진 가문에 시집 와서 원 없이 사랑받고 살았는데 타고난 수명이 짧디짧아 내 자식 건사도 못하고 가는 죄 많은 여자를 용서하시오! 서방님 한탄하지 마시오. 살다 보면 이 풍파도 세월 따라 지나가리다. 차후 아리따운 재취 맞으시어 백년해로하소서!

아니 내가 무슨 헛소리를 지껄이고 있는 거야? 내가 죽는데 무슨 서방님 걱정을 하고 있어. 오지랖 넓게 재취까지 들이라고 하다니. 안 되지. 어림 턱도 없지.

서방님! 왜 이래요? 나 살려내요! 나 안 죽었다고요!

이 무슨 일인고? 어째 서방님은 내 말은 하나도 들리지 않는지 눈물만 쏟는다. 영묘산 청솔같이 풋풋하고 수려하던 서방님 얼굴이 너무도 수척하다. 나는 애간장이 다 녹아 정말 죽을 것 같다. 밖에서 두런두런하더니 사람들이 병풍 뒤로 와서 일하기 시작한다. 부끄럽게도 내 몸을 만진다. 제발 당장 그만두라고 물러나라고 호통치고 싶은데 입이 붙었는지 말이 안 나온다. 체념하고 지켜볼 뿐이다. 사람들이 내 몸을 눕혀 놓고 향물에 수건 적셔 목욕시키고 분물로 내 얼굴을 화장한다. 머리를 곱게 빗기고는 정성스레 삼베 수의를 입히기 시작한다. 고쟁이, 단속곳, 속치마, 겉치마, 속적삼, 저고리, 두루마기 등 차례차

례 다 입히고 버선도 신기고 손도 감춘다. 눈까지 감기고 코와 입 다 막은 내 얼굴을 하얀 명주 수건으로 가린다. 이윽고 홑이불을 덮는다.

나는 정신이 나가 멍하니 그들이 하는 모습 바라보기만 하다 그만 너무 갑갑해서 사지를 비틀며 비명을 고래고래 질렀다.

나 안 죽었어요! 나 안 죽었다고요! 내가 이렇게 살아있는데, 나는 이렇게 정신이 멀쩡한데 감히 내 몸에 삼베 수의를 입히다니.

바로 옆에 나무관까지 갖다 놓고 있다.

저기다 나를 처넣어 탕탕 못질하려고 저러지. 아악 무서워! 안 돼! 그러면 절대 안 되지. 제발 그만, 그만 멈추라니까요!

서방님! 서방님! 잠깐만요, 나 아직 살아있어요! 제발 나 좀 꺼내줘요!

나는 내 몸에 감긴 삼베 홑이불을 벗겨내려 몸부림치며 큰소리로 엉엉 울며 비명을 질렀다.

이대로 관 속으로 들어가다니, 말도 안 되지. 나 안 죽었어! 살았다 니까! 바보! 멍청이들!

나는 너무도 무서워 처절한 발악을 하며 마구 덤벼들었다. 그런데 서방님이 안 보인다. 내가 죽는데 옆에 없다.

악! 아악! 서방님 어디 갔어?

서방님! 서방님은 날 사랑하잖아요! 제발 살려주세요! 우리 진아랑 살게. 서방님! 서방님 대체 어디 있나요? 어서 와서 날 꺼내주어요!

누군가 내 몸을 심하게 흔든다. 아아 이제야 서방님이 내 목소리 들었나보다. 그럼 그렇지. 나를 때린다. 아프게 나를 때린다. 누가 날 때리는 거야? 내가 이렇게 고함치는데 아직도 내 말이 들리지 않는가? 이제는 엉덩이를 아주 심하게 탁 때려준다. 아니 서방님이 나를 때려? 죽어가는 나를? 서방님이라도 이것만은 용서 못 해. 따져야지. 우선 저 관 속에 들어가면 안 돼. 이 무서운 죽음의 구덩이에서 빠져나가야 해. 서방님 나 살아있다고요!

당신, 어디 감추어둔 서방님이라도 있는 게야 뭐야? 아주 서방님 노래를 부르고 있어!

서—방—님! 서—방님!

앗! 남편의 노기 띤 얼굴이 바짝 내 코앞에 있다. 여기가 어딘가? 두리번두리번 주위를 살폈다. 내가 입고 있던 수의는? 둘둘 감고 있던 삼베 이불은 어디 있지? 여기는 어딘고?

그래도 이 여자가 죽자고 서방님만 찾네. 어디 샛서방이라도 있는 거 아니야?

나 죽었다고 삼베옷 입혀 나무관에 넣으려 했잖아! 서방님이, 아니, 다, 당신이 말이야! 나 살아있는데 어떻게 그럴 수 있어? 나 때렸잖아. 당신 미워! 미워 죽겠어!

쯧쯧, 조상 물건 집에 가지고 오는 게 아닌데 잘못했어. 이 여자가 무덤 편지 자꾸 들여다보더니 저승에 갔다 왔나? 일어나. 당장 나하고 병원 가자고 어휴!

병원? 날 관 속에 집어넣는 게 아니고?

뚱딴지같이 관은 무슨 관이야? 제발 정신 차려! 꿈 좀 깨라고 이 여자야.

내 손을 잡고 마구 흔들어대던 서방님의 목소리가 젖어있다. 주위를 둘러봤다. 내 방이다. 안방이다. 문갑이 있고 화장대가 있다. 너무 반갑다. 아, 나 살아났구나! 서방님이 곁에 있어 무섭지도 않다. 죽지 않고 살아있는 나를 보자 눈물이 났다.

서방님, 아니 당신 고마워요. 나 당신 무지무지 사랑해요!

서방님을 와락 끌어안았다. 서방님은 놀랐는지 주춤 물러났다.

아니 이 여자가 왜 이래. 안 하던 짓을 하고. 아무래도 이상하네.

나는 서방님 품에서 떨어지지 않으려고 힘껏 버티며 다리를 버둥거렸다. 웃음이 나온다. 너무 행복해서 자꾸만 실실 웃음이 났다. 이렇게 멀쩡하게 살아있어 너무 감사하고 은혜로울 뿐이다. 남편이 나를 조심스레 보듬으면서 수건으로 땀에 젖은 내 얼굴을 닦아주었다.

정신 차려요! 당신 옆에 내가 있으니까 아무 걱정하지 말고.

창문으로 흰 구름 흘러가는 파란 하늘이 보이고 쨍한 햇살이 너무 아름답다.

아! 이 순간 내가 숨 쉬고 살아있음이 눈물겹도록 감사하다.

오 해피! 나는 행복하다!

웃는
남자

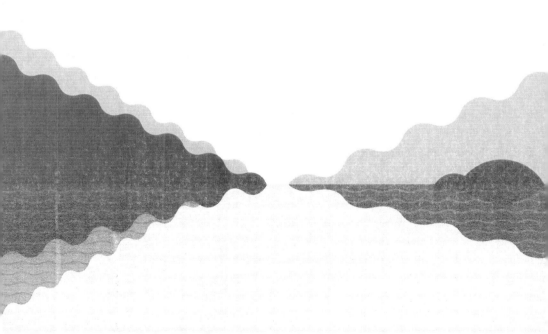

...

새벽부터 남 잠도 못 자게 어디 출행이 이리 요란스러울꼬?

한잠을 자던 남편이 오만상을 찡그리며 실눈을 떴다. 화장품 딸각대는 소리가 거슬리나 보다. 그러거나 말거나 오늘 신 여사는 바쁘다. 네 시에 일어나서 시래깃국에 밥을 홀홀 말아 먹고는 세수를 하고 화장을 한다. 화장하는 손길이 민첩하다.

무슨 소리, 늦었는데 밥 다 해놨으니 찾아 드시구려.

언제는 알뜰살뜰 챙겨주었는가.

집에 있으면서 내가 안 챙겨주어? 병원 들러 혈압약 타고 곧장 오구려. 내가 상황 보고 전화하리다. 당신 오늘 내 전화 씹으면 백날은 시끄러울 거야.

마누라가 툭하면 협박이나 하고, 그거 하고 싶으면 혼자서 널뛰기를 하든 작두춤을 추든 하기 싫다는 사람 끌어넣어 오라 가라 귀찮게 하네.

허 참, 나 좋으라고 찬바람 맞아가며 설치는가? 새벽바람 춥겠지. 오리털 패딩을 입고 갈까.

남편은 대꾸하기도 싫은 듯 휘딱 돌아눕는다. 신 여사는 엊저녁에 꼼꼼히 살펴보고 몇 번이나 확인하여 넣어둔 서류가 든 큰 가방을 메고 현관을 나섰다. 털모자를 덮어썼다. 주차장에 나가자 바람이 서늘하게 감돈다. 겨울의 긴 터널을 벗어나는 계절이다. 자동차로 삼십여 분 이동하여 도착하고 보니 모델하우스 주차장 입구는 바리케이드로 막아놓았다. 근처 교회 주차장을 찾아가니 하느님 대신 경비가 눈을 부라리며 버티고 서서 아예 접근도 못 하게 손을 내저었다. 주차장이 없으니 주위를 빙빙 돌다 도로변에 주차하는 수밖에 없었다. 넓은 8차선 도로 양쪽으로 대한민국의 차종은 물론 외제 차까지 끼어들어 조금만 늦었어도 댈 수 없을 뻔했다. 건설자재가 실린 트럭 뒤에 겨우 밀어 넣었다. 흠, 내가 주차 하나는 기차게 잘하니 밀어 넣었지 어리바리한 여편네들 같으면 턱도 없지. 모델하우스로 들어가니 벌써 사람들이 와글와글한다. 자신이 일찍 왔다고 여겼는데 눈이 휘둥그레질 판이다. 모델하우스 넓은 주차장에는 차는 없고 꼬불꼬불 사람 줄이 어찌나 길고 긴지 어디가 앞이고 끝인지 알 수가 없었다. 슬그머니 한군데 비집고 들어가려 빌붙자 앞뒤의 험악한 눈길들이 일제히 쏠린다.

대가리가 어디고 꼬랑지가 어딘지 원 찾을 수가 있어야지.

아따 이 아줌마 웃기네. 이제 와 어디 밤샌 사람들 틈에 끼려고 배짱 한번 두둑하네.

줄이 몇 번을 돌고 돌아 끝은 아마 저기 밖에 있을 테니 가보슈.

눈구덩이에 빠져도 안 추울 것 같은 털 파카로 몸을 감싸고 털모자에 검은 방한 마스크까지 하여 올빼미처럼 두 눈만 겨우 내놓은 남자가 지겨운지 대뜸 시비를 걸고 그 옆에 담요를 뒤집어쓴 젊은 여자가 주걱턱으로 모델하우스 밖을 가리켰다.

누가 저 자리 뺏었나 쌀쌀맞기는. 아이고 이 인간들은 잠도 안 자고 처와서 기다리고 있는가? 징그럽네!

아니 그럼 그쪽은 몇 시에 왔기에 여기에 서 있수?

어젯밤 열 시. 됐소? 추워 말도 잘 안 나오는데 자꾸 말 시키네.

여자가 어깨를 떨며 검은색 벙거지 털모자를 당겨 얼굴을 완전히 가려버린다. 그 여자 앞으로 한 이백 명은 좋게 서 있다. 그녀가 모델하우스 담장 바깥으로 나가보니 그곳도 사람 줄이 새끼줄처럼 늘어져 있다. 100m는 더 가서 겨우 대가리가 아닌 꼬랑지를 찾았다. 신 여사가 꼬리를 찾아가는 와중에도 사람들이 잽싸게 뛰어가 앞에 섰다. 아까 주차하느라 돌고 안에 들어가 어정거리지 않았으면 이십 명은 앞에 섰을 걸 생각하자 부아가 치밀었다. 남자보다 여자들이 더 많아 보이고 더러는 낚시 의자나 플라스틱 작은 의자를 챙겨 온 축들도 있지만 대개는 그냥 서 있었다. 종이상자 신문지를 옆에 두고도 땅바닥이 차서 앉을 엄두가 안 나는 모양이다. 쯧쯧 이렇게 온종일 서서 기다린 단 말인가. 말도 안 돼. 남편이 오면 작은 의자를 하나 사 오라 해야지 이러고 있지는 못하겠다. 한 시간을 서서 있어 보니 기다리기도 지루하고 다리가 아프다. 사람들이 처음에는 너나없이 싸운 것처럼 입 다물고 있었지만, 앞뒤로 굴비 두름처럼 다닥다닥 붙어 앉아 있자니 싫건 좋건 말 거는 수밖에 없다. 시간 보내는 데는 남의 험담 듣거나 내 얘기 까발리는 게 제일 아닌가. 신 여사는 보험하는 친구 말이 떠올라

피식 웃었다. 얘, 아줌마들 있잖아. 생판 몰라도 두 시간만 같이 있으면 그 사람 신상명세서가 쭉 다 딸려 나온다? 마트 상품코드처럼. 그렇게 서너 다리만 건너면 아는 사람이거든. 웃기지? 앞자리 여자가 신상을 털기 시작했다.

우리 아저씬 해외에서 사업하거든요. 우리는 당첨만 되면 피 많이 줘도 안 팔고 입주하여 살 거예요. 아파트에 오래 살아서 이젠 햇살 바른 잔디마당 있는 집에서 꽃도 심어 가꾸고 과일나무도 키우고 작은 연못도 만들어 금붕어도 넣고 강아지도 기르며 살고 싶은데, 주택에 살아본 지인들이 관리가 힘들다고 하더라고요. 잔디마당 가꾸기도 힘들고 펄펄 살아나는 바랭이 뽑기가 예삿일이 아니라고 했어요. 여기 분양 안내처럼 이렇게 테라스가 있으면 딱 좋아요. 예쁜 다탁을 들여 놓고 친구들과 차도 마시고 담소도 나누고 여름에는 비치 파라솔 세우고 일광욕하면 좋잖아요.

쉰 하고도 반 넘어 보이는 갈색 파마머리 여자는 소녀처럼 해맑은 미소를 지으며 조곤조곤 말했다. 행복이 떡고물처럼 묻어나는 여자다. 그녀와 짝지로 줄 선 여자가 반색했다. 남편이 올가을에 정년퇴직이라고 했다.

생각만 해도 너무 멋져요. 흔들의자에 앉아 갓 내린 원두커피 마시며 책도 보고 음악도 듣고, 야외 나온 것처럼 숯불에 고기도 구워 먹고 집 안에 냄새도 안 풍기잖아요. 키 큰 나무 화분 놓고. 정말 낭만이죠.

신 여사 바로 뒤의 젊은 여자가 대놓고 부러워 탄식한다.

아주머니들은 참 좋겠어요. 나는 당첨만 되면 피 받고 바로 팔 거예요. 우린 아직 청약통장도 없어요. 작은 빌라에 살고 있어요. 호호. 아줌마는요?

글쎄 어지간해야 기대하지. 대목장보다 더 와글거리니 당첨돼야 뭔 말을 하지.

신 여사 뒤쪽에 선 사십 대 남녀는 별말 없이 귀기울여 열심히 듣는 쪽이었다. 아무리 기다려도 시간은 아이 키울 때처럼 더디게 갔다. 얼굴 익히고 나이 묻고, 사는 곳 묻고 자식들 얘기로 잡담하며 쉼 없이 입을 노닥거려도 겨우 여덟 시다. 신 여사 줄 선 시간이 아침 다섯 시, 열 시부터 접수라고 하니 아직 두 시간이나 남았다. 몇백 명이 앞서 있는지라 대관절 언제 접수가 되려나. 늦어도 오후 여섯 시에서 일곱 시 사이에는 접수시키겠지. 그럼 몇 시간이야. 성질 급한 사람 부글부글하겠네.

사람들은 그냥 꾸역꾸역 몰려들었다. 늘어지게 아침잠이나 푹 자지 뭣 하러 저렇게 기를 쓰고 나온담. 설 자리도 없는데. 남편에게 전화했다. 웬일로 오늘은 신호 몇 번에 전화를 받는다. 집에서 아예 점심까지 챙겨 먹고 오라고 했다. 여덟 시 반 분양회사 직원 차들이 출근하기 시작했다.

아니, 사람 설 데도 없는데 차를 들이밀어! 자기들 머리에 엊고 있을 거여?

들어오는 입구부터 두 줄로 늘어서고 그것도 몇 줄이나 꼬부랑 줄이 이어졌기에 차가 아무리 **빵빵**거리고 경비들이 길 좀 비키라고 목청

껏 소리를 질러도 길이 쉬이 트일 리가 없다. 욕설 뒤집어쓴 차가 근근이 진입하는 와중에 선 줄이 흩어지면서 사람들이 우르르 앞줄에 끼어들어 큰소리가 나고 싸움이 벌어졌다. 신 여사 다리도 아프고 심심하던 터라 자기 자리 앞뒤에 당부하고 재미난 싸움 구경 갔다. 사람들이 돈 떼먹고 달아난 빚쟁이 만난 듯이 멱살을 잡고 엉키어 구르며 난리다.

어매, 육이오 때 난리는 난리도 아니여!

누군가 드라마와 똑같은 소리로 이죽거리자 쿡쿡 웃음이 터졌다.

시골 닭쌈보다 재밌네. 사내 족속들은 태생이 워낙 싸움을 좋아한다니까.

흥 저기 여자들도 드잡이하며 세게 나오네.

늦게 와서 앞줄에 붙은 인간들은 다 제 자리로 가란 말이여. 사람의 새끼가 양심이 있지 얼쑤 좋다 하고 새치기로 끼어들어?

좋은 말 할 때 나오더라고. 누구는 캄캄 새벽부터 줄 서 있는데. 저, 저기 아줌씨 나와요! 그 뒤 젊은 친구 퍼뜩 나오지 못해? 이 새끼 그냥 죽여버린다!

아 아닌데, 그쪽이 잘못 봤어라. 여기 내 앞사람 뒷사람에게 물어보더라고. 나는 본디 그대로 꼼짝도 않았는디. 아줌씨 그렇지요? 여그가 내 자리 맞지라?

내사 앞만 보고 있었제. 뒤통수에 눈이 안 달려 못 봤는데 우짜노?

이봐 젊은 친구, 다들 눈 시퍼렇게 뜨고 있는데 여기서 오리발이 통할 것 같아? 제기랄, 엊저녁 열한 시에 와서 줄 서 있는데 앞에 끼여!

제기랄 새끼 나왓!

보소, 아지매는 나와요! 아까 거기 없었잖아?

하이고 젊은이, 눈 좀 단디 뜨고 댕기소. 식겁하고 싶은가베!

어머나 어젯밤 열한 시에 나왔다고? 저 앞에 100명은 족히 넘겠다.

어매 아베 제사 지낸 것도 아니고, 세상에 무슨 밤새 가며 줄 서 있노?

주최 측 잘못이야. 사람들이 이렇게 모이면 번호표 뽑게 하면 될 것을. 인간 전시장도 아니고 추운데 끝도 없이 줄줄 세워놓고서 저 새끼들 놀고들 자빠졌네. 이 판국에 차를 들이밀어 이 사달을 만들고, 야 책임자 나와! 나오란 말이여! 요즘이 어떤 시대인데 일을 이따구로 하고 있어? 앙?

사무실을 향해 고함을 지르는 남자를 향해 주위에서 탄성이 터지면서 잘한다고 속이 다 시원하다고 손뼉을 쳤다.

저들은 지금 분양회사 광고 기막히게 하는 겁니다. 돈 안 들이고 대박 광고지요.

사람들이 몰릴 수밖에 없지. 전매 제한 없지, 청약통장 필요 없지, 중도금 이자 없지. 그냥 백만 원만 입금하면 누구라도 다 청약할 수 있으니 그것도 1명이 5장까지 넣을 수 있잖아요. 당첨만 되면 제자리에서 웃돈 몇천 붙는다고 하니 누가 안 넣겠어.

욕질에 고함, 킥킥 웃는 소리, 쯧쯧 혀 차는 소리, 옥신각신 소란이 나고 얼마 후 직원들이 우르르 나타났다. 그들은 장례식장도 아닌데 똑같이 검정 양복을 입고 시원한 스포츠 머리에 키가 크고 딱 벌어진 어깨에 눈알들이 부리부리했다. 더구나 손에는 커다란 망치를 들고 나타난지라 일순 장내가 물을 끼얹듯 조용해졌다. 뒤에서 누군가 소곤거렸다.

저 치들이 그 뭐라 카더라? 어, 어깨인 갑다. 아구구 무서봐라!

검은 양복 청년들은 시멘트 바닥을 망치로 쾅쾅 두들겨 임시 쇠말뚝을 세우고 노란 테이프 펜스를 후딱 쳤다. 그러고는 들쑥날쑥 삐뚤삐뚤한 줄을 정리하여 사람들을 다닥다닥 붙여 세웠다. 일곱 시까지 온 사람들은 모델하우스 안 펜스에 줄을 세우고, 일곱 시 지나 도착한 사람들은 모델하우스 바깥 8차선 도로 인도 담장 쪽으로 한 줄로 서게 했다. 검정 양복 덕택에 다섯 시에 도착한 신 여사는 모델하우스 주차장으로 들어오게 되어 그나마 기분이 조금 풀렸다. 인도에 줄 선 사람들을 오가는 사람들과 지나가는 버스 승객, 자동차에 탄 사람들이 눈을 둥그렇게 뜨고 내다봤다.

구경이 따로 없네. 차 문 내리고 동물원 구경하듯 지나가는구먼.

한두 사람이면 이렇게 못 서 있지. 쭉 줄 서 있으니 보든가 말든가 배짱이네.

아이고! 길에 있는 사람들은 꼭 집 밖에 내버린 어둠의 자식 같구먼. 당첨만 되면 뭐 이런 고생이야 한 방에 날아가지.

친구 사이인지 너덧 명씩 떼로 몰려온 젊은 여자들은 완전무장을 했다. 스포츠 브랜드의 까만 선글라스를 끼고 검은 마스크를 하고 롱패딩을 입고 패션 털모자를 덮어 썼다. 롱부츠에 가죽장갑까지 늘씬한 모델 포스였다. 모두 똑같이 텀블러를 손에 쥐고 커피를 홀짝인다.

청소 직원들이 집게와 포대를 들고 빵 봉지, 생수병, 음료수병, 커피 컵, 사발면 등 밤샘을 한 사람들이 먹고 마신 쓰레기들을 줍기 시작했다. 또 한바탕 소동이 일어났다. 공무원 출근 시간이 되면서 도로가 주차해 둔 차들에 비상이 걸렸다.

도로에 주차한 차주는 빨리 나가보시오! 교통경찰들 스티커 끊느라고 난리여요.

엄마야 우짜노! 내 차도 끊었겠네. 어디 주차할 데가 있어야 빼든 말든 하지.

신 여사도 하는 수 없이 앞뒤 사람에게 자리를 신신당부하고 나왔다. 도로에는 차주들이 차를 빼느라 빵빵대고 야단법석이다. 환장하겠네. 벌써 찍혔다고 개새끼들! 씨발 새끼들! 거친 욕설들이 터져 나왔다. 차를 어디다 옮기누? 갈 데가 있어야지. 스티커 한번 끊었다고 그냥 놔두면 2차로 견인해간단다. 염병 지랄하네. 세수 올리려고 만만하니 끊는 게 차 스티커야. 사람들은 욕설을 뱉으면서 사돈의 팔촌까지 근방에 아는 사람이 있으면 전화를 넣고 난리들이다. 신 여사도 르노 SM5에 시동을 걸었다. 그러나 주위가 빽빽한 상가이고 아파트 단지라 갈 데가 없다. 신 여사는 모델하우스를 조금 벗어나 남의 푸르지오 아파트 주차장에 몰래 자가용을 주차하고 황급히 빠져나왔다. 뒷일은 나중이다.

열두 시에 남편이 왔다. 빵과 우유 1개 달랑 들고 왔다. 쯧쯧, 소견머리가 발바닥이지, 보온병에 따끈따끈한 모과차나 유자차라도 타오지 원.

신 여사 뒤쪽에서 작은 소란이 났다. 이봐요, 아줌마 사람 끼우면 안 되지요. 뒤에서 눈 시퍼렇게 지켜보고 있는데.

뭔 소리 하는 거야. 우리 남편인데. 아침에 같이 와서 줄 확인하고 병원 가서 혈압약 받아왔는데. 딴 약도 아니고 혈압약인데. 정말 싸가지 없이 지랄하네.

뭐? 싸가지? 지랄? 아줌마 그건 댁 사정이지.

뭐라고? 야 나와라. 젊으니 눈에 뵈는 게 없지. 심심한데 나랑 한판 뜨자.

신 여사는 너무 지루하고 갑갑하여 심사가 나던 차에 잘 되었다 싶어 소매를 걷어붙이고 커다란 눈알을 부라리며 싸가지 여자에게 다가가자 주위가 조용해졌다. 이럴 때 기갈 세게 나가야지 어수룩하면 젊은 축들에 밀린다. 젊은 여자는 못 들은 척 고개를 외면했다. 앞뒤 사람들이 말렸다.

뒤쪽에서 잘못 봤어요. 아저씨 아침 일찍 같이 오신 걸 미처 못 본 모양이네요.

그래요. 우리 앞쪽 사람들이 증인이지요. 새치기 아닌 거. 그리고 부부인데 뭘.

야! 한집에 사는지 확인할래? 주민증 까서 보여줘?

남편이 외국에서 사업한다는 여자가 신 여사 손을 잡고 끌었다. 신 여사는 못 이기는 척 신문지에 주저앉았다. 뒷자리의 말수 없는 남자가 어디서 작은 플라스틱 의자 3개를 얻어 와 하나를 건네주었다. 행복한 여자가 핏대 올리면 몸에 안 좋다면서 과자를 내놓는다. 신 여사가 좀 멀어도 뜨거운 테이크 아웃 커피라도 시키려고 보니 남편은 어느새 시끄러운 자리를 피하고 없었다.

이 남자는 도무지 도움이 안 돼!

오후 세 시. 젊은 엄마들이 앞뒤에 자리 당부하고 애들 데리러 어린이집 차 마중을 갔다. 오후 다섯 시가 넘자 유모차 부대는 퇴근한 남편들과 자리 터치를 하였다. 교대가 부쩍 늘었고 자리 당부가 많아졌다. 멀찍이 떨어져 서 있는 신 여사 남편은 지겨워하는 기색이 얼굴에 덕지덕지 붙어 있었다. 애들처럼 짜증 내고 있지만 눈 있으면 보라고. 기다리기 지겨워도 엉덩이 털고 안 한다고 나가는 인간이 하나도 없는데 뭘. 젊은이들도 커피 사 마시며 꼼짝 않고 있는데 이것도 못 하면 가장인가. 밖에 나갔다 온 사람들은 바깥 줄이 말도 못 한다고 고개를 저었다. 바깥 사람들이 때때로 찾아와 댁들은 몇 시에 왔느냐고 물었다. 새벽에 왔노라고 하면 힘이 빠져 돌아갔다. 아침 일곱 시 이후 온 사람들은 여전히 길바닥에 앉아 팔자에 없는 노숙자 신세다. 한 발자국 움직임도 없는지라 아예 매트나 박스를 깔고 앉아 스마트폰 삼매경이다. 털모자에 검은 마스크에 털옷들로 완전무장을 하고 보온병 차를 마시며 느긋한 표정들이다. 밤 열두 시 이전에는 접수할 가망이 없다는 첩보를 들은 모양이다. 그래도 다행이라는 얼굴들이다. 아까 검정 양복들이 우르르 나와 지키고 섰다 공지한 대로 네 시 이후 온 사람들은 돌려보냈다. 저들은 여름밤도 아닌 춘삼월 밤을 꼴

딱 새우고도 남겠다.

　길고 긴 한낮이 지나고 땅거미가 졌다. 집에 있으면 저녁밥 먹을 시간이 아닌가. 남편은 배고픈 건 못 참는 사람인데, 내내 바깥을 돌다 전화를 받고 신 여사 옆에 온 남편은 저녁 사 먹고 오라는 말에 대꾸도 않고 또 줄을 이탈한다. 줄은 굼벵이 기어가는 것보다 더디게 가는지 앉았다 섰다를 반복하며 한 발짝 두 발짝 근근이 나갔다. 앉아도 편치 않고 서 있어도 다리가 꼬일 지경이다. 여자들 대여섯 명은 비좁은 구석에 야외매트를 펴서 다리를 펴고 있다. 줄이 줄어들면 매트를 들고 불편한 이사를 계속하여 옆에서 아이고, 댁들은 이사 백번도 더 하겠네, 하고 놀렸다. 늦어도 대여섯 시면 접수할 것이라는 추측은 완전히 빗나갔다. 밤바람이 더 쌀쌀해지고 별도 없는 하늘에 슬슬 어둠이 내리는데 앞줄이 백 미터는 족히 넘었다. 다들 열 시까지 접수하면 다행이라고 했다. 그럼 장장 몇 시인가? 아침 다섯 시에 왔으니 지금 오후 여덟 시, 열 시까지 접수한다 쳐도 장장 열일곱 시간이 아닌가? 앞뒤 사람들과는 온종일 얼굴을 마주하고 있는지라 십년지기처럼 친해졌다. 신 여사 뒤에 말이 없던 남녀가 자기들은 부동산 중개인이라면서 당첨되면 꼭 연락 달라며 명함을 나누어 주었다. 피도 잘 받아주겠다고 약속했다. 그들은 접수시킬 서류가 많아 보였다. 여덟 시가 넘어가자 주위가 술렁이고 웅성거렸다. 번호표를 나눠 준다는 소식이다. 쯧쯧, 일하는 꼬락서니 보라지. 일찍이 번호표를 주었으면 식당이나 카페 아니면 따뜻한 찜질방에 들어가 있기라도 했지. 집에 가서 티브이 보고 놀다가 저녁에 와도 나머지가 있겠다. 하는 짓이 멍청이들이라고 욕지거리가 만발했다. 언제나 재바르고 발빠른 사람이 정보를 물어왔다.

바깥에 선 사람들에게 먼저 진짜 번호표를 나누어 주었단다. 그런데 희한하게 번호표를 받고도 사람들은 그냥 꼼짝 않고 그 자리에 있다고 했다. 날이 어두워지자 사람들이 의자에 앉지도 않고 서성거렸다. 검정 양복들이 나타났다.

여러분 본인의 자리를 절대 이탈하지도 마십시오. 다른 사람 즉 애인이라도 끼우면 절대 안 됩니다. 곧 표를 나누어 드리겠습니다. 지금 이 자리에 없는 사람은 표를 드리지 않겠으니 자기 자리를 비우지 마시길 당부드립니다!

청년들이 번호표가 아닌 참석확인증을 차례로 나누어 주기 시작했다. 휴대폰 연락도 씹어 신 여사 속에 불이 나 확 터지려 할 때 남편이 겨우 나타났다. 소란이 일어났다. 잠시 화장실 다녀왔는데 표를 안 주면 어쩌냐고 남자가 고래고래 소리를 질렀다. 들락날락 쥐방울처럼 잘 돌아다니던 키 작은 여자는 어디 갔었는지 청년들이 간 뒤에야 나타나 방방 뛰며 사무실로 달려갔다. 드디어 대청봉 오르기보다 멀고 멀었던 분양사무실 앞까지 왔다. 대낮처럼 불 밝혀진 사무실 안에서 대판 싸움이 벌어졌다. 한 남자가 벌게진 얼굴로 삿대질과 함께 고래고래 소리를 지르며 직원들과 옥신각신 밀고 당겼다. 사람들은 저 사람 왜 저래, 하고는 빨리빨리 접수해야지 방해해서 접수만 늦어진다고 불만을 터뜨리며 혀를 끌끌 찼다. 모두 피곤함에 지쳐 짜증을 삭히고 있었다. 남자는 고군분투 외롭게 싸우는데 검정 양복 4명이 나타나 남자의 다리와 팔 하나씩을 가볍게 덜렁덜렁 들고 사무실을 나왔다. 그러자 진도 바닷길 드러나듯 사람들이 쭉 길을 비켜주었고 순식간에 사무실은 조용히 정리되었다. 누군가 조그맣게 말했다.

두들겨 패서 반 죽이는 것 아닐까?

원래 법은 멀고 주먹은 가까운 것이여.

사무실이 보여 차례가 다 됐다고 생각했는데 사무실 가까이 가 보니 입구 흰 행사 텐트 안에 사람들이 빽빽이 차 있었다.

제기랄 시간이나 팍팍 가라지!

어머나 시루에 가득 찬 콩나물 같네!

현관 입구에 검정 양복들이 지키고 서서 다섯 명씩 사무실 안으로 들여보내 주었다. 들어간 사람 대부분은 탁자에서 뭔가를 적고 있어 신 여사가 물으니 위임장을 작성하는 것이라고 했다. 신 여사는 남편에게 본인 구비서류들을 넘겨주었다. 신 여사는 언니 동생 제부 올케 4명의 대리 신청서류와 본인의 구비서류 인감증명서 인감도장을 확인했다. 남편에게 2~3명만 더 대리 신청을 넣자 하였으나 손톱도 들어가지 않았다. 남의 것까지 하라며 안 가겠다고 애들처럼 버티었다. 쯧쯧, 도둑질도 손발이 맞아야 해 먹지. 청약에 2명 넣는 것보다 10명을 넣으면 퍼센트로 따져 가능성 큰 게 아닌가. 번호표 뽑기라고 했는데. 여기 현장 소문으로 100대 1도 훨씬 넘는다는데 오죽하면 로또라고 하는가. 추위에 덜덜 떨며 다리에 쥐가 나도 다들 왜 버티고 있는가. 동생도 올케도 식당 영업으로 올 수 없는지라 구비서류를 넘겨주며 덧붙였다.

형님 계약금은 형님이 내신다니 그냥 있지만, 우리 이름으로 당첨되면 섭섭지 않게 챙겨주셔야 합니다.

내가 어련히 알아서 할까. 고생은 누가 하는데. 그리고 아까 얘기 들으니 못 오는 직장인들은 아르바이트생 구해 1인 5만 원씩 25만 원 써서 기본 다섯 통씩 넣는다고 하는데 어휴 우리 집 저 남자는 마누라 말 들어 손해 본 것 없는데도 게처럼 옆길만 가지, 가.

당신은 달랑 하나 접수하니 빠르겠네. 작성 잘하고 접수증 받아 잘 챙기시우. 나는 다섯 명 접수하려면 시간이 걸리니 저기 저 입구에서 기다려요.

몸을 잔뜩 웅크린 남편은 춥고 배고프고 지겨움에 넌더리가 났는지 외면한 채 대답도 하지 않았다. 사람들이 서류 챙긴다고 법석인데 누군가 인감도장이 없어졌다고 비명을 질렀다. 로또는 언감생심 마트에서 라면 한 개 선물도 당첨된 역사가 없는 남편을 괜히 끌어들여 헛고생시키나 후회도 되었다. 감기가 드는지 자신도 며칠 몸져누울 것 같았다. 찜질방 생각이 간절했다. 분양사무실 벽의 커다란 시계가 열 시 삼십 분을 가리키고 있었다.

모델하우스 당첨번호 명단 앞에는 사람들이 바글바글하다. 키 작은 신 여사는 비집고 들어갈 틈새가 없었다. 정말 괜히 왔나 보다. 당첨된 사람한테는 문자 보낸다고 했는데 핸드폰을 열어봐도 온 게 없다. 다 떨어졌나 봐. 사람들이 꾸역꾸역 몰려 들어오고 슬슬 빠져나갔다.

하나같이 아쉽고 불만스러운 얼굴들이다. 오후 두 시 추첨 발표가 자꾸 늦어져 다섯 시에 발표되어 사무실은 온통 아수라장이 되었다. 접수가 오늘 새벽 다섯 시에 마감된 탓이라고들 했다.

젠장 새벽까지 벌벌 떨며 개고생만 하고 내가 다시 이런 데 줄 서면 성을 간다! 제기랄!

제기랄, 추첨 좋아하네. 짜고 치는 고스톱인지 누가 알아. 공정, 누가 믿겠냐고.

사람들은 핸드폰을 열어보며 난리를 쳤다. 신 여사가 힘이 빠져 터덜터덜 집에 오니 남편이 히죽히죽 웃었다.

당신 나 약 올리는 거지? 고소해서. 기운 빠져 죽겠구먼.

당첨번호 보고 온 거야?

보나 마나지. 사람들이 까마귀 떼처럼 한꺼번에 몰려 끼여 죽겠더라니까. 종일 고생한 것 생각하면 살이 다 떨리네.

누가 그런 고생 하라고 시켰남?

어휴 말본새하고는. 기운 없는 내가 참지. 참 당신도 문자받은 게 없지?

무슨 문자?

무슨 문자는 당첨문자지. 하긴 간절히 기도해도 어려운데 접수도 싫어한 사람한테 기대한 내가 글렀지.

고럼. 당신이 나한테 바랄 걸 바래야지. 마트 팡파르 이벤트 잘도 걸리는 우리 마눌님은 당첨문자 올 테니 잘 살펴보더라고 잉.

나 원, 온 사방 부동산에서 당첨권 팔라는 문자만 바리바리 들어오네. 대관절 이 사람들은 폰번호 어디서 따서 이렇게 무작위로 보내는지 모르겠네.

나한테도 당첨권 피 많이 준다고 방문 환영이래. 히히.

남편은 여전히 히죽히죽 웃으며 방으로 들어갔다. 신 여사는 시장하여 늦은 저녁을 먹기 위해 동탯국을 가스에 올렸으나 입맛은 소태 같이 썼다.

어느 날, 오거리 큰 도로에서 시매부를 만났다. 막내시누 신랑이다. 인사를 하고 가던 길을 가려는데 시매부가 한사코 신 여사를 가까운 찻집으로 이끌었다. 잔잔한 음악이 흐르는 실내는 낮이라 그런지 한산했다. 신 여사는 키위 주스를 주문하고 시매부는 아메리카노를 시켰다며 잠시 후 찾아왔다. 시매부는 키위 주스를 신 여사 앞에 공손하게 놓아주고는 맞은편에 차렷 자세를 하더니 등까지 깊숙이 숙이며 공손히 절을 하였다.

아니, 서윤 아빠 왜 이래요? 사람들이 보는데 어서 앉아요.

신 여사는 깜짝 놀라 손사래를 치며 앉기를 권했다.

참 별일이네.

중소기업에 다니는 시누 신랑은 얌전한 타입으로 처가에 와도 싫은 소리 한 적 없고 거슬리는 짓 한 일 없다. 시누도 아르바이트까지 하며 열심히 사는데 집에 환자가 있어 곤궁한 형편이다. 그는 자리에 앉아 커피 한 모금을 마셨고 신 여사는 고개를 갸웃하며 주스로 목을 축였다.

저기 서윤이는 요즘 좀 어때요? 병원비 많이 들어가 힘들지요?

예. 그래도 옆에서 도와주시고 하여 잘 넘깁니다. 제가 말할 입이 없습니다만 너무 감사합니다. 이 은혜 죽어도 잊지 않겠습니다. 서윤 엄마와 같이 찾아뵈야 하는데 서윤이 입원이 급해서요. 모레 수술날짜 잡혔습니다. 다 형님과 처수님의 큰 은혜입니다.

이게 뭔 소리야? 지금 서윤 아빠가 뭐라고 하는 거야?

시매부는 눈물까지 글썽거렸다. 신 여사는 도무지 이해가 되지 않았다. 형님 처수가 뭘 했는데 시누이 신랑이 저렇게 감읍하여 눈물까지 흘리지? 돈. 돈인데, 돈이 없어 서윤이 재수술을 미루고 있는데, 내가 시누한테 돈 갖다주지 않았고 그럼 우리 집 남자, 저 오빠가 돈을 줬다? 적지도 않은 백혈병 아이 수술비를 갖다주었다는 말인데 우리 집 남자가 돈이 어딨어? 남편은 지난해까지 학원 차를 몰았다. 수업 마친 중학생들을 영수학원에 태워다 주고 저녁에 귀가시키는 일을 했는데, 올 연초부터 젊은 기사한테 밀려나 실업자 신세. 다행히 연금을 받아 매달 잡비로 타가는 게 전부이니 큰돈이 있을 턱이 없다.

서윤이 수술 날짜 잡혀 다행이네요. 저번에 담당 의사가 재수술만 잘 되면 좋아질 거라고 했다면서요. 아이만 쾌차하면 뭘 더 바라요. 서윤 아빠 힘내세요!

갑자기 간이 쿵덕 떨어져 말이 잘 나오지 않았다. 눈앞이 어질어질하다. 주스가 목구멍에 탁 걸려 재채기가 나온다. 찻집을 나오니 햇살에 눈이 부셔서인지 순간 머리가 핑 돌고 눈앞이 하얗다. 스포츠웨어 가게 앞에 털썩 주저앉았다.

악! 이 인간이 로또 맞았나 봐. 더 테라스 분양권에 당첨? 육십 평생에 단 한 번 왕재수가 터졌나. 틀림없다. 148:1이라는 그 어려운 관문을 뚫고 당첨이라니, 굼벵이도 구르는 재주가 있다고 세상에 내가 미쳐! 그런데 그걸 홀딱 시누에게 갖다 바쳐? 애 수술비 하라고? 오누이가 부동산에 그걸 넘기고서 아이 수술 예약하러 병원으로 달려갔네? 그림이 딱 나오네. 그래도 이 남자가 마누라에게 말은 했어야지. 얘기는 했어야지. 미쳐! 내가 팔딱 미치고 말지. 그날 히죽히죽 능청스럽게 웃던 남편 얼굴이 자꾸만 떠올랐다. 1층이 됐어도 못 받아도 2천만 원은 받았을걸.

이 인간이 죽을 때가 됐나? 저 혼자 천당 가려고 아주 기를 쓰네. 집구석에 들어오기만 해봐라! 너 죽고 나 혼자 살 테다.

은행대출을 왕창 내어 새 아파트를 사 힘들어하는 딸 얼굴이 떠오르고, 아직 아파트 전세로 사는 아들 내외도 눈에 밟힌다. 3살 4살 연년생 아이들로 층간소음을 걱정하며 산다. 설마 홀랑 다 주기는 했으려고? 눈앞이 빙글빙글 돈다. 명치가 조여들고 뱃가죽이 땅겨 일어나지도 못할 지경이었다. 진짜 배가 아프기 시작했다. 옛날 아이 낳을 때보다 배가 더 아프다. 조금 전에 부동산에서 당첨권 팔라는 전화를 받았다. 보너스로 다락방이 있는 4층 더 테라스는 당첨권 웃돈이 4천만 원이라는 말에 신 여사는 뒤로 벌러덩 넘어졌다. 남편은 돈 쓰고 돌아다니는지 들어오지도 않는다. 벼르고 기다리자니 더 지겹다. 남편이 좋아하는 소고기뭇국을 끓이고 노릇노릇 갈치를 구우며 신 여사는 구시렁거렸다.

그래 다섯 장 열 장 넣은 사람들도 다 나가떨어지는데 달랑 한 장,

자기 이름 넣어 됐으니 굼벵이도 구르는 재주가 있다고 이 남자가 황금 돼지꿈 꾼 게야. 도박하여 홀랑 잃은 것도 아니고 경마장 가서 탈탈 털린 것도 아니지. 눈망울 또록또록한 아픈 조카 새끼 밟힌 게지. 내 전화도 씹고 어디를 돌아다니누. 때 놓치면 허기져 허리도 못 펴는 사람이 여태 안 들어오고 뭐 하고 있누? 그래도 절대 그냥은 못 넘기지. 암.

그때다. 남편이 들어왔다. 눈에 돋은 시퍼런 쌍심지가 황소 뿔로 바뀌었다.

파카나 벗으시지. 당신 각오했겠지?

남편은 사 입은 지 오래된 파카를 벗어 소파에 던지고는 고개를 외면하고 거실 가운데 엉거주춤 섰다. 신 여사는 소매를 걷어 올리며 남편 앞에 마주 섰다. 두 손을 가슴께에 갈퀴처럼 세우고 암표범이 되었다. 남편도 순간 엉덩이를 빼며 한 판 둘러메칠 자세이다. 탕—, 스타트 총소리도 없건만 둘은 엉겨 붙었다. 신 여사의 손톱이 비호같이 남편의 목 뒤를 긁고 팔목을 할퀴었다. 손톱 안 깎길 잘했어.

아야! 이 여자는 꼭 고양이 짓 한다니까.

남편이 눈을 부릅뜨면서 기합 소리와 함께 아내를 끌어안아 냅다 바닥에 팽개치려는데 말려 올라간 스웨터 아래로 허리가 나왔다. 신 여사가 날름 손을 뻗쳐 세로로 좍 그어버렸다. 빨간 선혈이 길게 맺혔다. 남편의 허연 똥 뱃살에도 가로로 두 줄 선을 쓰윽 그렸다. 담박 붉은 피가 새어 나왔다. 속이 다 후련하다.

아얏!

비명을 지르며 얼굴이 벌겋게 열이 오른 남편이 신 여사를 바닥에 엎드리게 하고서 두 팔을 꺾기 시작했다.

아야야! 팔 부러지겠다. 뭐 잘했어? 밥도 못 얻어먹으려고 염병하네! 아. 아야! 이젠 돈 있다고 마누라 병신 만들고 새 마누라 얻어 살려고 그래?

어휴! 이 여편네는 싸우면 꼭 할퀴고 덤빈다니까.

그럼 내가 부처님처럼 그냥 넘어갈 줄 알았어? 그래도 몇 줄 할퀴고 나니 속이 다 시원하네. 등판 쑥 그어야 하는데 히히!

신 여사는 씩씩대며 남편을 노려보았다. 할퀴어도 싸지 싸! 웬수! 웬수! 신 여사는 뜨끈뜨끈한 쇠고기뭇국을 뚝배기에 그득 담아 남편 앞에 놓았다. 제일 살 두꺼운 갈치 가운데 토막도 함께.

내일 미운 시누 년 새끼 병원에 같이 안 갈 거야? 싫으면 말고.

당신 팔 괜찮겠어?

신 여사 남편은 마누라 약값으로 남겨 둔 호주머니의 한 묶음 지폐를 아까부터 만지작거리고 있었다.

나쁜
남자

．．．

　사랑하는 인혜 씨!

　그대를 그리는 마음으로 오늘 하루도 지났소. 요즘은 당신의 목소리도 듣기 어렵구려. 당신은 오늘도 온종일 주방과 식당 홀을 돌아다니느라 무척 힘들었으리라 짐작하오. 종업원들이 당신을 잘 도와주면 좋겠소. 나는 지금 당신의 목소리를 잠깐만이라도 듣고 싶은데 환자 때문에 전화도 못 하오. 환자는 얼마나 예민한지 작은 소리의 통화도 귀신같이 알아차려요. 잠시라도 내가 안 보이면 환자는 꽥꽥 소리를 질러요. 나는 지금 환자가 잠시 새우잠을 자는 틈에 내 방에 와서 이 글을 쓰고 있는데 언제 중단할지 모르겠소. 어쩌면 나는 나 자신에게 너무 짜증이 나서 이렇게 주저리주저리 객소리를 늘어놓고 있는지도 모르겠소. 보내지도 못할 글인데, 나는 이렇게라도 투정하지 않으면 숨이 막혀 죽을 것 같소. 언제인가부터 나는 나도 모르게 당신 바라기가 되고 말았소. 그냥 당신이 바쁘게 일하는 뒷모습만 바라보아도, 그대 따뜻한 손만 잡고 있어도 나는 살 것 같았고 얼어붙은 내 심장이 팔팔한 청년처럼 다시 뛰었소. 아무것도 바라지 않소. 그저 가까이서 그대를 바라만 보아도 얼마나 좋겠소. 정말 애오라지 그 소원 하나뿐인데. 그대가 말했지요. 영원한 사랑도 영원한 약속도 결코 없노라고. 당신이 얼마나 약속이란 걸 싫어하는지도 난 잘 알고 있소. 나도 당신의 그 말에 동감이오. 약속이란 게 얼마나 부질없는 짓인지 알고 있으니까. 그대는 가슴속 생채기를 보이려 하지 않지만 나는 다 보았소. 가지 끝에 앉은 새처럼 바스락 안 좋은 소리만 들려도 당신은 훌쩍 나를 떠날 것 같았소. 나는 이제 정말 심신이 만신창이가 되었소. 정말 당신에게 위로받고 싶소. 편히 숨 쉴 안식처를 갈구하는 마음뿐이오. 조용한 눈매의 아름다운 당신의 잔잔한 미소가 정말 보고 싶소. 인혜 씨! 사랑하는 인혜 씨! 지금 함께할 순 없어도 이렇게 부를 수 있는 그대가 있어 나는 행복한 사내인가 보오. 환자가 나를 찾네요.

조연수. 아내 이름이지요. 그 이름을 불러 본 지 하도 오래되어 이젠 잊어가네요.

그녀는 결혼 초기부터 소화불량과 불면증에 시달렸소. 결혼 전에는 몰랐지요. 약간 마른 몸이라 날씬하다고 생각했어요. 내가 전근 간 두 번째 중학교의 동료 교사였어요. 그녀는 과학 교사로 반듯한 선생님이었어요. 나도 과학 교사였죠. 올곧은 성격이었고 매사 깔끔했으며 남의 일에 끼어들지 않는 무심한 성격이었지요. 그녀는 필요 없는 말은 하지 않았고 소리 높여 웃지도 않았어요. 교무실에서 누군가 웃기는 농담을 하여 다들 웃어도 그녀는 얼굴에 미소만 지었어요. 차림새도 항상 반듯한 정장 차림이었고요. 검은색 투피스, 흰 투피스, 보라색,

상아색, 실버색 등…. 실크 블라우스를 잘 입었고 봄가을에는 연한 갈
색 또는 크림색, 감색 바바리를 즐겨 입었어요. 언제나 단색의 옷을
잘 입었지요. 아, 무늬가 든 옷은 여름 원피스였어요. 자잘한 나뭇잎
이나 꽃이 그려진 가볍고, 하늘하늘해 보이는 시폰 원피스를 입으면
그녀의 얼굴까지 환해 보였거든요. 말할 때 보이는 치아도 희고 가지
런하였어요. 물론 구두를 신었지요. 검정 구두 일색이었는데 여름에
는 흰색 구두를 신었어요. 머리는 약간의 펄이 들어간, 앞머리를 오른
쪽으로 빗어넘긴 어깨까지 내려오는 차랑차랑한 머리였지요. 그녀는
한 번도 머리 스타일을 바꾼 적이 없었어요. 아, 아주 나중에는 머리
길이만 짧게 귀밑까지 자른 스타일로 바꾸었지만요. 그녀가 담임 맡
은 반은 학교에서 제일 청결한 반이었다고나 할까요. 그녀는 교사들과
의 회식 자리에서도 술 한 모금도 하는 걸 못 봤어요. 그녀는 옆 사람
들, 즉 동료 교사들에게 별로 신경 쓰지 않는 타입이라고나 할까요.
그러면서도 할 말은 하는 편이었어요. 그리고 빚지고는 못사는 사람
이라고 할까요. 언젠가 휴일에 백화점에서 우연히 그녀를 마주쳤지요.
학교에서 먼 곳에서. 그녀도 나도 쇼핑백을 들고 있었어요. 우연한 만
남이지만 커피 한잔 마시자고 의향을 물었습니다. 학교가 아닌 곳에
서 직장동료를 만나니 카페에서 차 한 잔쯤 마시는 게 좋을 듯해서
요. 잠깐 망설이던 그녀가 고개를 끄떡였습니다. 그녀는 산뜻하게 크
림색 실크 블라우스에 회색 슈트를 입고 있었어요. G선상의 아리아가
조용히 흐르는 백화점 카페는 커피 향이 향기로웠고, 중년 아주머니
들 여럿 있어도 실내는 조용했어요. 어깨까지 내려오는 차랑한 검은

머리, 도톰한 이마, 슬기롭게 보이는 두 눈, 오뚝한 코가 예쁘다기보다 반듯한 인상이었지요. 연한 분홍 립스틱을 바른 뚜렷한 입술 선이 좀 고집스레 보이기도 했습니다. 그녀가 아메리카노를 주문하고 나도 아메리카노와 케이크 두 조각을 주문했어요. 그녀는 케이크에는 손도 대지 않았어요. 우리는 할 말이 별로 없어서 이런저런 학교 이야기를 나누었지요. 그 커피 타임 일주일 후, 일요일. 그녀에게서 전화가 왔어요. 밖에 나왔다면서 시간 되면 만나자고요. 뭔 일일까? 고개를 갸웃하며 나갔는데 카페로 나를 안내하였어요. 우리는 그날 커피를 마시며 본가가 어딘지도 묻고, 취미, 퇴근 후에 시간 보내기 등 사담을 나누었지요. 어쨌든 그녀와 나는 전보다 조금 친밀해졌다 싶었어요. 나중에 알았지만 그녀는 저번 커피 건의 부담으로 일부러 마련한 자리라는 걸 알았지요. 차차 알게 된 일이지만 그녀는 너무 경위가 바르다고 할까, 타인과의 관계가 확실하다고 할까. 받으면 갚아야 하고, 주었으면 받아야 하는 정석의 셈법으로 남에게 빚지고는 못사는 성격 같았어요. 그 뒤 우리의 연애 기간에도 내가 밥을 사면 다음은 꼭 그녀가 식사비를 지급했어요. 영화관람료도 마찬가지고. 그 당시 데이트 비용은 대개 남자들이 부담하였는데 우리는 확실한 더치페이였지요. 처음에는 좀 마음이 편치 않았는데 그것도 반복되니 그만 익숙하게 되더라고요.

그렇게 우리는 서로가 생각지도 못하게 조금씩 가까워졌고 소위 그 연애란 걸 하기 시작했지요. 나는 집을 떠나고 친구들도 떠나 이곳 남녘 땅에 혼자 떨어져 객지 생활하다 보니 휴일에 집에 올라가지 않으

면 쓸쓸한 일상이었어요. 테니스를 치고 운동을 다녀도 허전한 마음
이었는데 가까운 사람이 곁에 있다는 것이 얼마나 큰 기쁨이 되었는
지요. 그녀도 집을 떠나 빌라에 살고 있었어요. 우리는 둘 다 본가에
가는 횟수가 줄어갔지요. 그녀는 훗날 몇 번 내가 사는 오피스텔에 왔
었는데 와서 여기저기 지적을 했어요. 나도 지저분하게 사는 사람이
아닌지라 평상시 그런대로 치우고 정리하고 사는데 그녀는 너무 깔끔
하여 내가 불편할 정도였지요. 그래서 나는 되도록 밖에서 만나 식당
을 가고 카페를 가고 드라이브를 하고 극장에 갔어요.

　그녀의 생일날, 내가 슈트 한 벌값 백화점 상품권을 선물하고 장미
꽃과 케이크를 사서 그녀의 서른 번째 생일을 축하해주자 그녀는 눈
물을 글썽였어요. 그녀는 내 입술에 키스를 퍼부었어요. 우리는 교외
드라이브를 하고 돌아오다 자동차 번호판을 가려주는 모텔에 차를 넣
고 손을 꼭 잡고 로비로 들어갔어요. 우리는 샤워도 잠깐 하고 숨 가
쁘게 포옹했어요. 옷을 다 벗은 그녀는 정말 날씬한 몸이었어요. 우리
는 입술과 혀를 빠는 진한 키스를 하였고 나는 너무 황홀하여 그녀의
전신을 쓰다듬으며 애무하였어요. 봉긋한 젖가슴, 가느다란 허리, 대
리석처럼 단단한 허벅지며 군살 하나 없이 매끈한 배, 미치게 하는 예
쁜 엉덩이, 나는 그녀의 유방을 애무하며 아랫도리 성성한 수풀을 뜨
거운 손으로 쓸어 내가 들어갈 길을 찾았어요. 그녀도 가쁜 호흡을
내쉬며 내 몸에 키스를 퍼부었지요. 나는 내 몸을 천천히 그녀 몸 위
로 포개며 그녀 몸을 열고 그 안에 팽창한 내 몸을 밀어 넣었어요. 그
녀가 터져 나오는 신음을 손으로 막으며 내 몸을 꽉 끌어안고 부르르

떨더군요. 그녀는 놀랍게도 처녀였어요. 침대 시트에 피가 배여 나왔어요. 나는 다시 뜨거운 키스를 퍼붓고 그녀의 귀에 사랑해! 정말 사랑해, 하고 속삭였어요. 그녀의 부푼 유방을 힘껏 빨며 사랑스러운 그녀 전신을 끝없이 애무하여 주었지요. 그녀는 두 다리를 벌려 내가 다시 자기 몸에 들어오기를 기다렸어요. 내가 서른두 해 살아오면서 제일 사랑스러운 여인을 만난 날이었어요. 그러나 아, 그날의 사랑이 우리 인생 최고의 날이 될 줄은 정말, 그때는 몰랐지요.

그녀와 나, 그날 우리의 뜨거운 사랑 행위가 결실을 볼 줄은 생각도 못 했어요. 그녀 몸에 새 생명이 잉태하였지요. 연애만 생각하던 우리에게 미처 생각지도 못한 일이 들이닥친 거지요. 이상하게 입맛이 없다며 음식을 피하고 휴일에 여행도 마다하고 영화관람도 싫다던 그녀에게 태기가 있다는 건 나중에 알았어요. 마른 몸매라 별 표시도 안 나고 입맛만 없었으니까. 소화불량으로 간 내과에서 산부인과를 권하여 간 그곳에서 임신 사실을 알았지요. 그녀는 당황해서 심한 고민을 하였고 나를 원망하기까지 했지요. 점차 몸이 불어 불편해진 그녀는 학교에 휴직계를 내었고 양가에 알리게 되었어요. 양가에서 너무도 염려하시고 걱정하여 우리는 서둘러 날을 잡아 결혼식을 올렸어요. 동료 교사들은 화들짝 놀랐고 학생들도 쑤군거렸지요. 이때부터 나에 대한 그녀의 사랑은 간섭으로 바뀌고 있었어요. 퇴근 시간을 재고 온갖 간섭을 시작했어요. 심한 입덧이 시작되면서 그녀의 사랑은 간섭이 아닌 집착으로 바뀌고 있었어요. 나는 임신 스트레스인가 싶어 모든 면에서 양보하고 아내를 보호하려 마음을 다했어요. 결국, 아내는 임신 6개월부터 산부인과 병원에 장기입원하게 되었어요. 임신 중독과 유산 위험 때문에 절대 안정이 필요하다는 의사의 소견으로 나의 퇴근길은 마땅히 병원 가는 길이 되었고, 그때부터 나의 인생은 아니, 삶은 바뀌기 시작했어요.

산모의 위험부담으로 예정일을 한 달이나 앞당겨 제왕절개 수술을 진행하여 아들이 이 세상에 태어났어요. 눈, 코, 입이 제자리에 있다는 것도 신기했지만, 앙증스러운 열 개의 손가락과 열 개의 발가락을 세어보곤 얼마나 경이롭던지요. 아아! 내 아기, 우리의 아기! 산모와 아이가 무사하여 신에게 무한 감사하였답니다. 그동안 수고한 아내가 너무 고맙고 무한 감사하여 꽃바구니를 안기고 꼭 안아주며 키스를 퍼부었지요. 이 사람을 위해서, 새 생명을 위해서 어떤 힘든 일이라도 다 하리라 맹세했습니다.

그러나 새 생명이 태어난 기쁨도 얼마 가지 못했어요. 아기가 아픈 게 아니라 아기 엄마가 줄곧 몸이 좋지 않았지요. 아기 낳고부터 장모님이 오셔서 아내의 산후조리며 아기를 계속 돌봐주고 계시는데도 아내의 건강은 별로 나아지지 않았습니다. 소화가 안되고 머리가 아프고 팔다리가 쑤시고 힘이 없다고 하였지요. 유명하다는 병원이며 한의원을 순례하고 식탁과 침대 머리맡에 약은 수북하게 쌓여 갔어요. 나도 학교에서 퇴근하면 바로 집으로 와 밀린 설거지를 하고, 아기를 목욕시키고, 청소를 하고, 세탁기를 돌렸어요. 일요일엔 마트에 가서 분유, 기저귀, 휴지, 쌀, 우유 등 생필품을 사 오고. 그러다 보니 나의 사생활은 하나도 없었지요. 가끔 있는 학교의 회식도 빠지고, 친구 만나

시원한 맥주 한 잔 마시는 여유도 다 날아갔지요. 영화관도 언제 갔는지, 테니스 동호회에는 너무 빠져 연락도 끊겼고. 서점에서 느긋하게 책 고르는 재미도 없어졌지요. 담배, 담배는 결혼하고 아내의 잔소리에 진즉 끊었답니다. 밖에서 몰래 한 개비 피웠는데 집에 오면 귀신같이 알고 냄새 난다고 난리를 쳤지요. 아이에게 해롭다는데 끊지 않고 배기겠어요? 나는 점점 직장에서도 친구들 모임에서도 소외되고 외로워져 갔어요. 허허롭기도 하고. 정말 아내가 빨리 나아 정상으로 돌아오길 소원했어요. 장모님이 볼일로 집에 가시면 낮 동안 파출부 아주머니를 불렀습니다만 저녁에는 내가 돌보기에 나는 더 빠듯해진 시간에 허둥거렸지요.

아내의 육신은 우울증과 신경성 스트레스로 나빠지기 시작했어요. 벌써 학교에는 사직서를 내었고 병원 순례가 일상이었어요. 나중에 알게 된 일이지만 아내는 신경성 퇴행 질환이었지요. 장인도 장모님도 앓고 있는 병이었는데 아내는 유전적 질환을 물려받은 셈이었지요. 아내는 결혼하고 딱 한 번 설 명절날 우리 부모님이 계시는 본가에 들렀지요.

병마와의 끈질긴 싸움은 그때부터 시작되었어요. 아내가 신경퇴행성 질환인 파킨슨병에 걸려 25년도 넘는 병구완에 나도 이젠 몸과 마음이 피폐한 겨울 그루터기가 되어버렸소. 사회생활도 결국 다 접어야만 했소. 나는 나 자신이 얼마나 피폐한 인간이 되었는지 가늠을 못할 지경이오. 처음에 손이 조금씩 떨리는 수전증으로 시작된 아내의 그 몹쓸 병은 결국 발까지 떨렸소. 불면증이 심해지고 점차 행동이 느려지고 몸의 균형 잡기가 어려워져 갔어요. 보행검사, 뇌검사, 수면검사 등 아내는 병원 순례가 일상이었소. 초기에는 약을 먹으면 병이 호전되어 얼마나 기뻐하며 다행으로 여겼는지요. 약은 환자에게 생명이었소. 낫는다는 희망을 품고 버티던 나날들! 그러나 낫지 않는, 완치되기 어려운 병이었소. 수면장애, 우울증, 침 흘림 등 진행성 신경질환으로 관절은 점차 굳어지고 기형이 되었으며 근육의 마비 증세가 환자를 절망의 어둠으로 밀어 넣었소. 먼 길 가까운 길 마다하지 않고 찾아다닌 전국에 이름난 병원도, 명의로 소문난 의사도 결코 아내의 병을 고쳐주지 못했소. 아내는 그간 실로 눈물겨운 투병의 세월을 살았소. 웬만한 주사는 자신이 직접 자기 몸에 놓았지요. 건강에 좋다고 하면 안 해 본 운동이 없었고, 한의원, 신경과, 통증클리닉, 대학병원 안 가 본 병원이 없었소. 최신 의료기기 검사도 불편한 몸으로 받다 보니 진저리를 쳤지요. 그녀의 소원이 뭔 줄 아십니까? 예쁜 옷 입고 당당히 걸어 백화점 쇼핑 가고 예쁜 카페서 커피 마시는 게 소원이라고 했지요. 너무도 소박한 아내의 소원에 나는 가슴이 무너졌소. 병에 좋다는 건강식도 다 해봤다오. 그 사람 투병일기는 대학노트 몇 권이나 되지요. 나는 아내의 그 정성에 감동해서라도 몹쓸 그 병이 깨끗이 물러나길 빌었어요. 깨죽, 녹두죽, 율무죽, 전복죽, 해물죽, 들깨죽 등은 위장이 부실한 아내를 위해 내가 오랜 세월에 걸쳐 개발한 레시피였소. 조미료가 들어간 배달음식은 도저히 못 먹겠다, 밥은 소화가 안되고 면 종류는 먹고 나면 속이 더부룩해서 미치겠다고 하였는데 미음이나 죽은 다행히 먹고 소화하더라고요. 그래서 밥 하듯이 여러 종류의 죽을 줄곧 만들다 터득하였지요. 아픈 사람, 운동 부족으로 소화가 잘 안되는 사람, 위장이 부실한 사람, 맛으로 별미 죽을 찾는 사람들을 생각했어요. 결코 떠나기 싫은 교직을 아내로 인해 어쩔 수 없이 퇴직하자 나는 내내 마음을 잡지 못하고 방황하였어요. 아내를 원망하고 멀리 떠나버릴까도 생각했지요. 그러나 결국 나는 아픈 아내를 차마 떠나지 못하고 주저앉았지요. 그렇게나 바쁘던 아침 시간이 한없이 적막한 시간으로 다가와 힘들었지요. 그로부터 종일 아내의 시중과 간호로 집에만 머물게 되었어요. 아들은 고등학교까지 집에서 다니다 대학을 수도권으로 가면서 집을 떠나갔어요. 어려서부터 엄마에게 어리광 한번 부려보지 못하고 아픈 엄마 시중을 더 많이 들어준 아들이라 내 가슴을 아프게 한 녀석이기에 자립하라고 일렀어요.

이태를 죽은 듯이 아내만 돌보다 간병인을 들이고 병든 짐승이 우리를 털고 나오듯 자리를 털고 나왔어요. 퇴직금으로 마련한 상가에 〈옛날 죽집〉을 차렸어요. 내가 잘 할 수 있는 게 아내를 위해 날이면 날마다 끓이던 죽밖에 없었기에 모험이었죠. 나는 내 아내에게 끓여 준 것처럼 기본 재료들을 국산 잡곡으로 엄선하여 사들이고 새벽 네 시면 차를 몰고 수산시장에 가서 싱싱한 해물을 샀어요. 죽집은 처음의 두려움과 걱정보다 차츰 손님이 늘어가고 죽을 포장해가는 손님이 많았어요. 조롱 속의 새처럼 아내에게 잡혀 지내다 세상 밖으로 탈출한 거지요. 푸른 하늘이 아닌 20평 내 일터 식당으로.

오 년 전 당신이 왔었소. 죽집에 일하러 온 이유를 묻는 나에게 당신은 한마디, 술을 팔지 않는 영업점이라서 왔다고 했소. 나는 당신을 고용했지요. 보통 키에 평범한 얼굴, 마흔두 살, 이름 설인혜. 머리칼은 어깨까지 내렸고 베이지색 바바리를 입은 당신은 어딘지 모르게 그늘이 느껴졌는데 목소리가 사근사근했어요. 어쨌거나 나는 당신에게 별 관심이 없었소. 식당 일을 도와주는 사촌 여동생이 당신 뒤에서 머리를 끄떡이며 계속 오케이 사인을 보내었소. 그저 동생과 손 맞춰서 일 잘하기를 바랄 뿐이었지요. 당신은 별로 말이 없었으며 크게 웃지도 않았지만 가게 일은 재바르게 잘하였어요. 서빙이며 설거지 청소를 알아서 다 하였지요. 동생도 자기 일이 수월하다고 좋아했어요. 그 당시 나는 주방장을 알아보느라 당신에게 신경 쓸 새도 없었어요. 주방장을 찾아내 죽 레시피를 다 넘겨주었지요. 다행히 주방장도 좋은 사람을 만났어요.

　아내의 병이 심해져 당해내는 간병인이 없는지라 어쩔 수 없이 내가 아내를 돌보지 않으면 안 되는 처지라 내가 가게를 비우는 날이 늘어갔지요. 사촌 여동생에게 맡긴 식당 매출이 자꾸만 줄어들었지만 나는 참고 있었소. 주방장은 열심히 일하는 듯하고, 주인이 없어 손님이 줄었나 했지만 식당에는 가지 않고 나와 지켜보니 점심 저녁에 그런대로 손님이 있었소. 그러다 내가 동생에게 지나가는 말로 했는데 동생은 당신을 지목하였소. 내리막길 영업 매출에 그냥 입 다물고 있다가 식당이 쉬는 일요일 밤, 나는 의심스러운 당신의 확실한 꼬리를 잡으려고 CCTV를 아무도 모르게 식당에 설치했소. 결국, 믿었던 동생의

짓이었소. 처음에는 조금씩 금고에 손댄 게 자꾸 커져 나날이 영업 매출이 줄어든 거지요. 맘속으로 당신에게 정말 미안하였소. 직접 말하지 않았으나 그간 속으로 당신을 의심하였으니 말이오. 내 얼굴 보기가 힘들었는지 동생은 나가고 나서 나는 식당 관리업무를 당신에게 맡겼소. 캐묻는 아내에게 사촌 동생이 자립하려는 모양이라고 하자, 우리 식당 레시피 다 빼서 저 장사 차리는 배은망덕한 년이라고 비틀린 입을 삐쭉이며 욕설을 퍼부었지요. 그로부터 당신은 고 씨 주방장과 손발을 맞춰 영업을 잘하고 있소. 나는 한 달간 당신을 데리고 새벽 수산물 시장을 다니며 싱싱한 해물 고르는 노하우를 가르쳐 주었소.

그날도 새벽 수산시장을 갔는데 사실은 며칠 전부터 몸이 안 좋았어요. 해산물을 사서 돌아오는 길에 심한 두통과 빈혈, 전신을 옥죄는 고통으로 갓길에 차를 세워, 그대가 운전대를 잡아 바로 병원 응급실로 달렸지요. 내가 겨우 눈을 떴을 때 링거는 세 개나 달려 있고 당신은 초조한 얼굴로 나를 지켜보고 있었어요. 대상포진, 내가 잘 모르는 병명이었는데 그게 그렇게 아픈 병인 줄도 몰랐지요. 당신을 가게로 보내고 집에 전화하니 아내는 엄살 부린다며 집에 빨리 오지 않는다고 험한 말을 하니 나는 기운이 없어 전화를 놓았어요. 병원에서 일주일 입원을 권했지만 나는 사흘 치료받았어요. 당신은 영업이 끝나고 날마다 조용히 병실에 들렀지요. 영양죽과 생강차를 준비해서. 사흘 만에 집에 가니 아내는 손에 잡히는 대로 다 집어 던지더군요. 자기보다 더 아프냐고 소리치면서 아예 나가라고. 나는 엉망이 된 집안을 치울 엄두가 안 나 전화로 파출부를 부르고는 내 방 침대에 가 드러눕고 말았어요.

당신은 국산 잡곡과 싱싱한 해산물을 들여오고 매월 25일이면 종업원들의 급여와 식당 수지 장부를 나에게 제출하였지요. 당신은 꼼꼼하게 나날이 들이는 식자재 하나 빠뜨리지 않고 다 기록하였지요. 때론 내가 새벽시장에서 식재료들을 사다 주기도 하였는데 이제는 가게에 나가기도 어렵게 되었지요. 당신과의 공식적인 업무 전화도 아내의 잔소리에 메일로 보고가 되고 있으니 말입니다.

아내는 이제 몸이 야윌 대로 야위었소. 파킨슨병으로 손발의 뼈는 뒤틀리고 경직되었으며, 남은 눈과 입으로 아내는 불평과 원망을 늘어놓았소. 하기야 그마저도 없으면 죽은 사람이지요. 나에 대한 아내의 집착과 불신은 도를 넘었으며 일주일을 버티는 간병인이 없었소. 나는 이 여자가 한때나마 내가 사랑했고 부부로 내 자식까지 낳은 여자라는 게 거짓말처럼 느껴지오. 뼈만 남은 뒤틀린 몸을 이리 뒤집어라, 저리 뒤집어라, 하얗게 밤을 새운 날 아침이면 문득 같이 죽는 게 차라리 낫겠다 싶은 마음이 나를 유혹하오. 진통제도 잘 듣지 않는 환자의 고통이 이젠 내 심장마저 바짝바짝 조여드는 느낌이오. 아내는 요즘 미음 두 공기 우유 유제품 두세 개로 하루를 사는 것을 보면 사람이 평소에 얼마나 먹는 욕심을 부리고 사는가 싶기도 하고, 한편 정다운 사람과 즐거운 한 끼 식사가 얼마나 경건한 삶의 축복인가 싶구려. 자신도 파킨슨 환자이면서 온갖 푸념 악담 다 받아 가며 십여 년 한결같이 딸을 돌보던 장모님도 장인도 돌아가시고 우리 집에는 아

무도 오지 않소. 아들도 이젠 먼 캐나다에 머물고 있소. 처가 식구들
도 모두 다 떠나갔소. 다들 아내의 넋두리와 표독한 원망에 질겁하고
물러나오. 2년 전, 보다 못한 처제가 요양병원 입원을 권하였다 모진
악담을 듣고는 발길을 끊자 아직도 욕설을 퍼붓고 있소. 이 집을 떠나
면 투신하거나 혀 깨물고 죽겠다 했소. 오랜 병마에 그녀의 교양, 인
내, 배려 등은 흔적도 없지요. 아내는 내가 교직에 있을 때 폭행 사건
을 일으킨 학생 엄마와 수습 차원의 학교 밖 만남을 오해하여 투서와
모함으로 몰아붙여 나는 학교에서 결국 권고사직을 당했건만, 아내는
집착을 사랑이라고 믿는 병으로 평생을 자신과 나를 괴롭히고 있소.
물론 전신이 뒤틀려 가고 몸이 아프니 짜증이 나고 만만하니 남편밖
에 없으니 그러겠지만, 매일 죽겠다고 넋두리하는 사람과 사는 나도
이제는 차마 외면할 수 없는 중환자에 대한 책임 하나로 버티고 있소.
솔직히 말한다면 처음 십 년은 아내의 병을 회복시키자는 일념으로
살았소. 다음 십 년은 부부요 가장이라는 책임으로 환자를 돌보았소.
이제 지나온 5년은 자포자기 심정으로 환자에게 매여 있다고 해야 할
까 그렇게 살았소. 어저께 신문에 아내의 치매 병구완을 8년인가 하
던 노인이 아내를 목 졸라 죽이고 자신은 자살미수에 그쳤다는 기사
를 보았소. 나는 충분히 그 노인을 이해하오. 잠도 못 자게 시달린 날
이면 나도 저런 짓을 저지를까 화들짝 놀라 내 손이 무섭소. 무서운
내 손을 등 뒤로 얼른 감춘다오. 왜 이렇게 살아야 할까? 아내는 무엇
을 얼마나 잘못했기에 저렇게 밤낮없이 고통으로 살아야 하나? 나는
언제까지 환자에게 시달리는 세월을 살아야 하나? 아픈 사람도 불쌍

하고 나 자신도 측은한 인간이라는 생각을 하게 되오. 적막한 밤이 지나고 무거운 새벽이 열리면 베란다 창문을 열고 나는 긴 호흡운동을 하지요. 오늘 하루도 무사히 기도한다고 할까, 나 자신을 달랜다고 할까. 잃어버린 내 적요한 시간은 꽃 피는 사월도, 푸르른 오월 잎새 한번 못 봐도 그냥 지나가더이다.

할 일도 잊고 아무런 생각도 않고 멍하니 있으면 그대가, 그대 모습이 떠오르오.

기시감. 당신을 보면 이상하게 아주 오래전부터 가까이 알고 있었던 사람으로 느껴지곤 했소.

당신은 〈옛날 죽집〉이 쉬는 날이면 요양병원의 어머니를 찾아갔지요.

때로는 당신의 두 어깨가 무거워 보였소. 나는 당신의 짐을 조금이나마 덜어주고 싶었으나 그럴 때 일에 더 몰두하는 당신 모습에 모른 체하였소.

삶이란 무엇인지?

나에겐 어제가 오늘이고 오늘이 내일 같은 날들인데.

인혜 씨, 오랫동안 당신을 만나지 못하고 그 목소리 멀어지면 나는 자꾸만 어두운 창밖으로 시선이 간다오. 어둠은 모든 걸 감추었소.

아, 이게 무슨 일이오?

너무 놀라 반사적으로 침대에서 몸을 일으키며 나는 내 눈을 의심했다. 눈앞에 아내가 엉거주춤 서 있다. 험상궂은 얼굴로 나를 노려보고 있다. 그녀는 서 있는 것도 힘들어 침대 모서리를 잡고 겨우 버티고 있다. 근래 한 번도 깊은 잠을 잘 수 없었는지라 이상한 느낌에 눈을 뜨니 아내가 있다. 누워만 있는 사람인데 혼자서 어떻게 일어났단 말인가? 나는 아내가 또 불편한 몸을 뒤집을 시간인 줄 알았다. 그런데 저 과도는 어떻게 들고 있을까? 무얼 하려고? 과도를 손에 잡지도 못하고 겨우 끼고 있는 뒤틀린 손. 거의 다 빠지고 몇 가닥 안 남은 머리카락이 말라붙은 꼴이며, 개구멍처럼 움푹 파인 눈, 비틀어진 입, 튀어나온 광대뼈, 뼈만 남은 몸에 걸쳐진 헐렁하고 쭈글쭈글한 옷이 영락없는 허수아비다. 누워 있는 모습보다 더 보기 흉한 아내의 꼬락서니다.

당신, 일어날 줄 알아? 기어 온 거야? 왜 그러고 있는데? 뭐 하려고?

그녀는 말할 힘도 없는지 겨우 숨만 할딱할딱했다.

당신 그 몸으로 나 죽이려고 그거 들고 있어? 대답해 봐.

내 목소리가 버럭 높아졌다. 그녀가 뒤틀린 입을 실룩이며 겨우 대꾸했다.

우리, 같이, 죽어!

뭐라고? 같이 죽자고?

이십 년도 넘는 그녀의 투병과 지긋지긋했던 병구완 일상들이 파노라마처럼 휙 지나갔다. 아, 이기주의자!

왜, 혼자 죽기 싫어 나더러 같이 죽자고? 죽어서도 당신 돌보라고 그러는 거야?

이젠 살기 싫어. 나 혼자 죽기 무서워!

그래? 어떡하지? 난 싫은데. 이제껏 당신한테 너무 지쳤거든.

그녀는 끼고 있던 과도를 스르르 방바닥에 흘렸다. 그리고 짚단처럼 쓰러졌다. 나는 억장이 무너졌다. 벌떡 일어나 아내가 흘린 과도를 집어 들었다.

당신은 오래오래 더 살아. 아주 행복하게 사시구려!

나는 그 순간 정말 눈에 아무것도 보이지 않았다. 이런 꼴 보려고 이제껏 저 인간을 돌보았나! 분노가 솟구쳤다. 냉큼 과도를 집어서 바른 손으로 내 왼쪽 손목을 그었다. 붉은 피가 흐르기 시작했다. 아내는 동굴처럼 움푹 꺼진 눈을 실눈처럼 떠서 히죽히죽 웃고 있었다.

잘 봐! 이게 당신 소원이지. 나는 매일 죽었어. 당신에게 잡혀 꼬박 밤을 새운 날이면 날마다 나는 죽었어. 내 영혼은 벌써 죽어 나갔다고!

갑자기 미친 듯 웃음이 나왔다. 눈물이 나도록 웃고 또 웃었다. 이만하면 끝날 것을. 어찌하여 그렇게 버티었는가! 놓아라! 놓아라! 다 놓아버려라!

인혜 씨! 사랑하는 그대여!

나는 두 여자를 다 잃었소. 지겨운 여자도 사랑하는 여자도. 신은 나의 마지막 소망도 철저히 거절했음을 똑똑히 보았소. 나는 나의 운명을 저주할 뿐이오. 아름다운 당신, 그저 바라만 볼 수 있어도 행복이라고 여겼는데. 짚불처럼 사그라지는 내 심장이 다시 뛴다고 느꼈는데. 인혜 씨, 어느새 동쪽 하늘이 붉게 물들고 있소. 정말 처연하도록 고운 빛이구려. 온 누리를 골고루 비추는 찬란한 아침 해가 떠오르려나 보오. 동녘 하늘이 언제 저렇게 고왔던가 싶소. 날이면 날마다 떠오르는 아침 해를 오늘에야 보다니. 이 지경에 이르러서야. 나는 참 바보 같고 모자라는 인간이었소.

인혜 씨, 나는 지금 그대가 너무 보고 싶소. 미치도록 보고 싶소.

내가 사랑한 사람이여! 내가 사랑하던 여인이여! 그대도 나를 용서하시오!

핸드폰이, 핸드폰이 울리기 시작했다. 내 침대 머리맡의 폰이다. 아 전화!

인혜 씨 전화야. 받아야 해. 수산물 시장이겠지.

내 핸드폰! 인혜 씨, 잠깐만 기다려요. 당신 전화 받으리다!

할미꽃

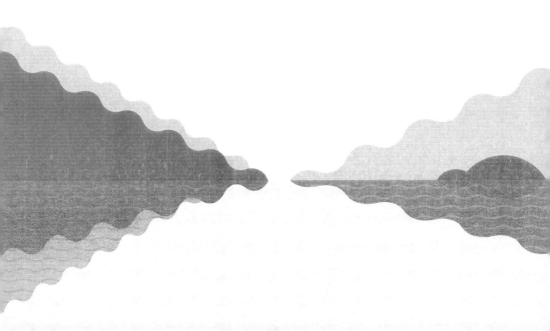

．．．

　　내가 윤금자 할머니를 만난 것은 우리가 이곳 아파트로 이사 오고
나서다.

　　할머니는 우리와 같은 아파트 201동 1501호이며 우리는 1502호로
마주 보는 이웃이었다. 할머니는 키가 작았고 야윈 몸에 얼굴에는 검
버섯과 주름이 많았다. 할머니는 낮에는 아파트 노인회관에서 놀고
저녁때가 되면 집으로 돌아오곤 하였다. 할머니 집 식구로는 다 큰 남
학생들만 보였는데 고등학생과 중학생으로 보였다. 얼굴이 비슷한 그
애들은 간혹 나와 얼굴이 마주쳐도 절대로 인사하지 않았다. 그래서
나도 알은체하지 않았다. 그리고 애들 엄마 아빠가 잘 안 보이기에 직
장 따라 지방에 가 있고 애들 엄마도 같이 있나 짐작했다. 애들은 학
교 때문에 집에 있고 그래서 조모가 밥 해먹이며 손자들을 돌보고 있
다고 생각하였다. 한 달에 몇 번 생수 박스며 부식들이 마트에서 배달
되었다. 그러나 나는 우리 일이 바쁘기에 앞집 할머니에게 별로 신경
쓰지 않았다.

　　남편은 직장에 다니지만 우리는 집에서 자동차로 20분 거리로 멀지

않은 곳인 주말농장에 단감나무, 자두나무, 무화과 등 과일나무를 돌보며 갖가지 채소를 심어 자급자족하는 편이라 항상 바쁜 일상이었다. 특히 토요일과 일요일은 밭에 일하러 가는 날이었다. 상추, 치커리, 시금치, 부추, 열무 등 계절에 따른 씨앗을 골고루 뿌려 가꾸는 게 일이었다. 돌아서면 밭고랑에 왕성하게 번지는 비름, 바랭이, 엉겅퀴 같은 잡풀을 뽑는 것도 생각보다 정말 힘든 일이었다. 나는 가끔 밭에서 거두어 온 채소를 앞집 할머니께 드렸다. 할머니는 매일 노인회관에 나가는데 회관에는 제법 많은 할머니가 모인다고 했다. 조금씩 추렴하여 가끔 외식도 하고, 주방시설이 되어 있으니 점심을 해 먹는가 하면 부침개도 부치고 티브이를 보며, 가져온 간식들을 나누어 먹고 놀다가 저녁때 다들 집으로 돌아간다고 했다. 할머니들이 때론 저녁에도 놀러 나오는지 회관에 불이 켜져 있었다. 초등 4, 6학년 남매 엄마인 나를 할머니는 꼭 새댁이라고 불렀는데 나는 새댁이란 호칭이 생경해서 웃음이 났다. 1501호 할머니는 내가 싱싱한 상추와 부추, 시금치 열무를 건네면 주름진 얼굴에 항상 무안한 듯한 미안스러운 표정을 지으며 희미하게 웃었다.

아이고, 만날 얻어만 먹어 미안해서 어쩌누. 이거 회관에 가져가야쓰겄다. 새댁 채소는 노지 채소라 할매들이 맛나다고 난리거든. 고맙다고 대신 말 전하라 했소.

할머니, 회관에 다 가져가시면 어떡해요. 조금 남겨 반찬 하셔요.

채소에 농약을 치지 않아 벌레가 채소잎을 더러 뜯어 먹긴 하지만 햇살과 바람을 한껏 받고 자란 채소라 그런지 정말 맛이 있었다. 친구들 모임 때 상추나 깻잎, 치커리를 가져가면 다들 맛있다고 하였다. 나는 양이 많은 열무나 부추 같은 채소들은 큰 비닐에 담아 회관용으로, 상추, 오이, 시금치는 할머니가 집에서 드시도록 권했으나 할머니는 거의 캐리어에 실어 회관으로 가져가는 듯했다. 내가 어쩌다 윤금자 할머니와 재활용품 버리러 같이 가면 아파트 할머니들이 아이고, 새댁 키운 채소가 맛나더라, 하며 인사를 하였다. 할머니가 앞집 새댁이 준 채소라고 말씀하시는 모양이었다.

그날도 저녁때였다. 할머니가 회관에서 돌아왔을 듯해서 현관 인터폰을 눌렀다. 딩동딩동 기척이 없었다. 할 수 없이 현관문 앞에 채소 비닐봉지를 두고 가려는데 현관문이 조금 열렸다. 할머니가 편찮은지 두 눈이 움푹 들어간 얼굴만 조금 내밀었다.

할머니 계셨네요. 밭에 갔다 왔는데 채소 좀 드리려고요.

만날 얻어만 먹어 미안스럽구먼.

몸이 아프신 모양인데 병원 다녀오셨어요?

별로 하는 일도 없는데 몸살인지 뭐.

항상 할머니가 현관문을 열고 나오시면 채소를 건네는데, 할머니가 편찮아 보여 현관 안까지 옮겨주려고 잠시 안으로 따라 들어갔는데 언뜻 본 할머니 집이 뭐라고 할까, 이상하게 썰렁한 느낌이 들었다. 45평 아파트 넓은 거실에 가죽 소파라든가 큰 티브이며 장식장 등은 보였지만, 무언지 허전하고 텅 빈 집 같은 서늘한 느낌이 파고드는 것은 무엇일까? 집안에 따뜻한 온기는 간데온데없고 찬바람이 돌듯 썰렁하기 그지없었다. 이제껏 남의 집에 가도 이런 느낌을 받은 적은 없었기에 나는 내심 당황하였다. 해거름 어스름 빛이 베란다 창문으로 들어와 불도 안 켠 허허한 거실을 희미하게 비쳤다. 내가 할머니 집에 들어간 것은 그날이 처음이었다.

할머니 손자들이 아직 안 온 모양이네요.

토요일이라 저 어미한테 갔어.

그래요. 할머니 그럼 조리 잘하셔요. 채소들은 그대로 냉장고 채소칸 넣어두었다 몸 나으시면 반찬 하세요.

나는 채소 비닐봉지를 거실 입구에 놓고는 얼른 현관을 나와 버렸다. 이튿날, 나는 괜히 마음이 켕겨 할머니 집 현관 벨을 눌렀다. 기척이 없었다. 점심때가 지나 다시 한번 벨을 눌렀다. 한참 만에 할머니가 문을 열어 주었는데 깜짝 놀랐다. 할머니의 얼굴이 말이 아니었다.

많이 아프신가 봐요. 이를 어째요? 병원 가셔야겠는데.

할머니는 거무죽죽 저승꽃이 덮어쓴 손을 완강히 내저었다.

몸살 좀 난 거라 괜찮지라. 병원 안 가도 돼야. 괜히 새댁 걱정시키는구면.

얼굴이 상하셨는데요. 정말 괜찮으시겠어요?

나는 맘속으로 언뜻 안심되었다. 밭에 다녀와 피곤도 하고 일요일에 노인네를 모시고 병원 가기는 좀 성가셨기 때문이다. 일요일엔 응급실로 가야 하니까. 나는 얼른 나왔다. 이튿날 조금 걱정이 되어 앞집 벨을 눌렀다. 기척이 없더니 이윽고

아구구! 기다려봐요.

하고 겨우 들리는 목소리가 나더니 조금 열린 현관문 손잡이에 매

달린 할머니가 나타났다. 나는 깜짝 놀랐다. 얼마나 아팠는지 얼굴이 형편없었다.

할머니! 많이 아프신가 봐요. 어쩌면 좋아요?

나는 할머니를 끌어안다시피 하여 썰렁한 거실 카펫에 눕혔다. 입술이 허옇게 말라붙어 있었다.

할머니 식사는요? 병원 가셔야겠어요. 전화번호 주세요. 연락하게요.

올 사람도 없어라. 바빠서.

할머니는 손사래를 쳤다. 나는 좀 화가 났다. 할머니를 채근했다. 이렇게 많이 아픈데 전화번호 달라고. 내 등쌀에 할머니는 문갑 위의 종이를 눈짓했다. 바지 주머니의 핸드폰을 꺼내 종이에 적힌 번호를 눌렀으나 신호만 가고 전화를 받지 않았다. 할머니가 기운 하나 없이 혼잣말했다.

딸인데 일할 때는 전화 못 받는다고 하더라고.

우리 집 차는 남편이 출근하며 타고 간지라 나는 할 수 없이 택시를 불러 할머니를 태운 뒤 가까운 내과로 갔다. 할머니가 피검사 등은 절대 안 하려고 해서 혈압을 재고 원장님 진찰을 받았는데 고령이라 심한 몸살감기에 영양 수분부족이라고 했다. 링거는 꼭 맞아야 한다고 해서 거절하는 할머니에게 억지로 영양제를 꽂았다. 그날 택시비 병원비는 내가 내었다. 바쁜 내 시간을 할머니를 위해 한나절 보내야만 했다. 뒷날 할머니가 병원비를 주신다고 했지만 받지 않았다. 어쩐지 한번은 내가 부담해야 할 것 같았다. 병원비가 많지 않아 다행이라는 생각도 얼핏 들었다. 저녁에 남편은 내 말을 듣더니 좀 문제가 있는 집인데, 하며 고개를 갸웃했다. 나도 일상이 바쁜지라 죽은 쑤어드릴 수 있어도 병원 따라다닐 시간은 없지 않은가. 나는 완두콩을 푹 삶아 믹서기에 돌려 찹쌀죽을 끓여 며칠 드시게 큰 통에 담아 갖다 드렸다. 다행히 할머니는 조금씩 차도를 보였다. 어느 날 나는 조금 성질이 났다. 내가 주는 채소를 할머니가 거의 회관으로 가져갔기 때문이다. 앙증맞은 보라색 가지, 오이고추, 연둣빛 여린 호박, 보드라운 새 호박잎은 할머니 반찬거리인데 거의 회관으로 들고 갔기 때문이다. 여름이라 땀 뻘뻘 흘리며 풀 매기 바빠도 채소는 거두어서 쓰레기 안 나오게 일일이 다듬고 깨끗하게 손봐서 이웃에 주기에 더 신경이 간다. 남편은 가끔 잔소리했다. 일도 많은데 우리 먹을 것만 조금씩 가져가라고 했다. 열무와 상추를 한 아름 뽑아 다듬고 깻잎과 호박잎을 따 비닐봉지 가득 채우노라면 시간이 자꾸 지체되었다. 부추는 베어서 가리려면 풀이 섞여 시간이 꽤 걸리므로 씨앗을 조금씩 뿌리라고까지 했다. 사면 몇 푼 하지도 않는데 자꾸 주는 것도 귀찮을지 모른다고 했으나 나는 아까우니까 다 가져간다고 우겼다. 사실 상가 미장원이나 이웃에 조금씩 나눠 주는 것은 좋은데 깔끔하게 다듬는 게 일이었다. 우리가 먹는 것보다 나가는 채소가 더 많았는데, 남 주는 채소는 자연히 좋은 것으로 주게 되고 처지는 게 우리 몫이 되었다.

할머니, 열무나 부추 같은 양이 많은 것은 회관에 가져가시고 애호박이나 가지는 할머니 반찬 하셔요. 정말 맛있어요.

다들 먹을 것을 가져오는데 나는 갖고 갈 게 별로 없어서 새댁이 준 성성한 채소라도 갖고 가야지. 여럿이 먹으니 맛나고 하여튼 고맙소.

나는 언뜻 회관에 채소를 가져가다 안 가져가면 할머니가 무시당하지 않을까 하는 걱정에 채소들을 잇달아 대주려니 사실 힘이 들었다. 할머니 드실 채소만 챙긴다면 수월할 터인데. 어느 날 할머니가 입을 열었다. 밭에 갔다 와서 오후 인터폰을 누르자 할머니가 나왔다. 할머니 얼굴이 또 상해 있었다. 무슨 걱정스러운 일이 있구나 싶었다. 고구마 줄기와 깻잎이며 오이고추를 건네자 얘기 좀 하자고 했다. 나는 전날에 보았던 썰렁한 할머니 집이 싫어 우리 집으로 가자고 했다. 마침 남편은 볼일로 나가고 애들도 없었다. 할머니를 소파에 앉히고 인삼차와 바나나를 내었다. 거실 창으로 밝은 햇살이 쏟아져 들어와 조그만 먼지들이 팔랑거리는 게 보였다. 오늘따라 소파에 앉은 할머니가 남편의 말처럼 우리 밭에 있는 할미꽃처럼 보였다. 울타리 옆으로 토종 꽃들이 자라고 있었는데 할미꽃 모종을 사다 심었다. 자주색 할미꽃은 물기가 마르면 가느다란 고개를 곧잘 떨구었다. 남편은 앞집 할머니를 할미꽃이라 불렀다.

새댁 집은 따신 훈기가 있어 참 좋구먼.

바빠서 잘 치우지도 못하고 살아요.

나가 속이 너무 상해 못 살겠어. 인제 그만 죽었으면 좋겠는데 무슨 영화 보겠다고 이리 명줄이 질긴지. 부끄럽지만 가슴이 갑갑해서 새댁한테라도 털어놓고 싶으이.

요즘 회관에도 안 나간다는 할머니, 나는 천천히 쉬엄쉬엄 얘기하시라고 했다.

윤금자 할머니 이야기

원래 육 남매를 두었으나 어려서 병으로 셋을 잃고, 작은아들은 다 커서 오토바이 사고로 잃었다. 큰아들과 막내딸이 남았다. 금지옥엽 큰아들은 젊을 때 직장을 잠시 다녔고 처음부터 개인 사업을 하였다. 그때 영감이 아들 사업자금을 얼마간 대주었다. 아들은 무슨 사업을 하는지 할머니에게 한 번도 자세히 말해주지 않았고 할머니도 꼬치꼬치 물어보지 않았다. 그냥 태산같이 믿는 아들이라 잘하려니 생각하고 걱정을 않았다. 시골 오면 씀씀이도 시원스러웠다. 명절과 아버지 제사는 빠지지 않고 다녀갔다. 줄줄이 손자가 셋이나 태어나 할머니에게 큰 기쁨을 주었다. 할머니는 농사를 지어 이날까지 결혼한 아들네 양식을 보내주고 고춧가루며 마늘, 참기름 등 알뜰히 양념들을 대주었다. 며느리는 직장 다니느라 바빠서인지 명절에도 시골집에 잘 내려오지 않았고 시어른들 한 번 다녀가라고도 하지 않아 아들 집에는 별로 갈 일이 없었다.

일흔 넘어 영감님이 돌아가시고 할머니는 여전히 농사지으며 살았는데, 근래 들어 아들이 자꾸만 시골 논밭과 집을 팔아 자기 집으로 가자고 하였다. 연세 들면 병원 갈 일이 많은데 사업이 바빠 자주 내려오기도 어렵고 하니 병원이 가까이 있는 큰 도시, 자기 집으로 가자고 하였다. 손자들도 좀 돌봐주란다. 애들 엄마 있잖니, 하니 직장 다녀 바쁘다고 했다. 아들의 끈질긴 설득과 애원에 할머니는 결국 합가를 결정했다. 부부가 손발이 휘어지도록 땅 파고 일하여 장만한 땅, 칠십이 넘도록 농사지었던 논 천 평과 이백 평 밭을 팔고 평생 살았던 세 칸 기와집도 팔았다. 탈탈 다 팔아 전답 1억 3천만 원, 집값 3천만 원이 되었다. 딸이 할머니에게 집이라도 그냥 두라고 만류하였으나 논밭 다 판은 마당에 빈집만 남겨 두어 뭐하나 싶었다. 모 심기, 농약 치기, 벼 베어 거두기 등 벼농사는 돈만 들이면 요즘 신통방통한 기계로 다 하지만 콩이야 팥이야 고추 농사를 칠십 넘은 노인이 밭고랑에 엎드려 억척스러운 바랭이와 싸워가며 짓기에는 너무 버거웠다. 다리도 허리도 밤이면 잠을 못 자게 쑤시고 아팠다. 마실 물 한 주전자 갖다 주는 이도 없는지라 여름날 땡볕에 콩밭 매다 더위를 먹고 죽을 뻔한 적도 있었다. 하루건너 절뚝거리며 읍내 한의원에 침 맞으러 버스 타고 다니는 것도 정말 힘이 들었다. 오라고 하는 이참에 늙은 몸 여생을 아들 집에서 효도받으며 도시에서 좀 편안히 살고 싶은 마음도 꿀떡 같았다.

　병으로 서방 잃고 새끼 둘 데리고 혼자 되어 곤궁한 형편인 딸은 엄마를 붙잡고 천만 원만 빌려달라고 눈물로 사정했다. 할머니는 그냥 5백만 원은 딸에게 주고 싶었으나 논밭 팔고 집 판은 선금도, 잔금도 아들이 내려와 서류를 준비하여 부동산 사무실에서 매매 인감도장을 찍었다. 아들은 1억 6천만 원을 받아 확인하고는 들고 온 검은 가방에 싹 다 집어넣었다. 오 년 전 영감님이 돌아가시고 나서 영감님 명의의 전답과 시골집은 아들에게로 당연히 상속되어 명의이전 되었던 터이다. 영감님이 돌아가시면서 너 어머니 생전에는 전답 팔아 가지 말라는 유언에 여태 참았는지 모른다. 할머니는 전답 팔은 돈을 손에 한

번 만져보지도 못했다. 아들은 집 판 돈에서 용돈으로 넣어두라며 어머니 손에 백만 원을 쥐여주었다. 할머니는 그 돈도 섭섭해서 눈물짓는 딸에게 50만 원 겨우 주고 나머지 50만 원은 그 후 시나브로 손자들 용돈에 다 들어갔다. 그러나 걱정은 없었다. 아들이 이따금 5만 원, 3만 원 용돈을 주었고 허리나 다리가 아파 병원을 가려면 병원비도 따로 챙겨주었다. 아들은 어머니가 낮에 심심하다고 아파트 노인회관에 데려다주었다. 콩설기 두 되를 맞추고 음료수와 사과 한 박스를 사서 노인회관을 찾아 저희 어머니와 잘 지내시라며 깍듯이 인사치레하고 어머니 앉을 자리를 만들어주었다. 아파트에 24평 30평도 있는지라 45평에 산다고 하니 다들 부자라며 아들 잘 두었다고 칭찬하고 부러워들 하였다. 할머니들은 종일 티브이 연속극을 보거나 남의 얘기와 세상 온갖 이야기 듣는 일로 소일하였다.

할머니가 시골집을 버리고 아들 집에 왔을 때 며느리는 없었다. 손자 셋만 있었다. 깜짝 놀라서 닦달하는 모친에게 아들은 털어놓았다. 이혼하였다고. 아무리 캐물어도 이혼한 사정은 말하지 않았다. 살다보니 그렇게 되었다고 했다. 갈라선 지 좀 되었다고만 했다. 아들은 생필품을 마트에서 사다 날랐고 부근에 오일장이 서는 날이면 부식을 사라고 돈을 넉넉하게 주었다. 아들은 집에서 아침은 빵과 우유, 과일로 아주 간단하게 먹고 점심 저녁은 밖에서 먹고 밤늦게 집으로 돌아왔다. 중학교와 고등학교 다니는 손자들도 아침을 차려주면 할머니의 성화에 억지로 한술 뜨고 점심은 학교에서 먹고 저녁에도 학원 가고 하느라 밖에서 먹을 때가 많았다. 집에 와서는 라면이나 치킨, 만두,

과자만 찾아 먹었다. 손자들은 부모의 이혼으로 상처를 받았는지 아버지와 할머니에게 데면데면 말도 없었고 반찬 투정을 하고 세탁한 옷을 잡고 할머니에게 짜증을 부렸다. 손자 셋은 저들 방이고 주방이고 온통 어질러 놓고는 치우지도 않았다. 그렇게 두어 달이 지난 어느 날 아들이 키가 늘씬한 여자를 데려와 인사시켰다. 재혼하겠다고 했다. 손자들이 걱정되었지만 오십 줄 바라보는 아들이 언제까지 보기 싫게 홀아비로 살 수는 없지 않은가. 혼인신고는 먼저 하였다고 했다. 그 여자는 나중에 알고 보니 아들이 운영하는 헬스장의 실장이었다. 고급 한식당에서 큰손자는 빠지고 작은 손자들과 딸이 참석하여 첫인사를 겸한 식사를 한 후 여자는 집으로 들어왔다. 새 며느리는 아들과 같이 출근하고 헬스장 문을 닫고 저녁 늦게 함께 들어왔다. 할머니는 무엇보다 아들이 다시 활기를 찾은 것 같아 마음이 놓였다. 그러나 집안일은 전부 할머니 차지였다. 어느 날 집에 찾아온 딸이 입을 삐쭉거렸다. 오빠가 헬스장 실장과 바람을 피우다 올케에게 들켜 올케도 홧김에 맞바람을 피워 둘이 이혼한 것이라고 하였지만 할머니는 도무지 믿기지 않았다. 아들도 아들이지만 손자들 어미인 며느리가 다른 남자와 산다는 말이 도무지 믿어지지 않았다. 떡두꺼비 같은 아들을 셋이나 둔 어미가 어떻게 외간 남자를 본단 말인가. 할머니는 새 며느리가 들어오고 심통으로 삐진 손자들을 달래가며 깨진 그릇 붙이듯 조심조심 지냈다. 반년이나 지났을까. 어느 날부터 아들의 기색이 나빠 보였다. 안방에서 누군가와 전화로 크게 다투는 소리가 자주 들렸다. 새 며느리와도 옥신각신하였다. 애가 탔으나 모르는 척 지내다 아들이 없을 때 새 며느리에게 슬쩍 물어보았다.

아비 사업장에 무슨 일 있냐? 걱정되어서.

말도 마셔요. 어머니 걱정하실까 봐 말은 안 했지만, 헬스장 문제가 큰일이에요.

왜 무슨 사달이 났냐?

며느리는 인상을 짓고 있다 한숨을 내쉬며 입을 열었다.

어머니, 그이가 스포츠센터 사업하고 있는 건 아시죠. 얼마 전에 그 건물이 갑자기 팔렸어요. 그런데 새 주인이 헬스장을 비워달라고 한다니까요. 아직 계약 기간도 있는데. 새 주인과 옥신각신 싸우다 보니 기존 회원들은 떨어져 나가고 새 회원은 스톱이에요. 어느새 헬스장 문 닫는다, 비운다 하는 뜬소문이 나서 회원들 발길도 끊기고 정말 손해가 이만저만이 아니라고요. 헬스 기구 대금이며 인테리어 비용이 얼마나 들었는데 속상해서 이러다간 정말 문 닫게 생겼다니까요.

에구구 어쩌면 좋다냐!

키도 크고 몸이 늘씬한 새 며느리는 늙은 시어머니와 처음으로 마주 보고 얘기하면서 땅이 꺼질 듯 한숨을 내쉬었다. 그래도 할머니는 당신 아들이 사업한 지 수십 년인데 수완 좋게 잘 해결하리라는 믿음이 바위처럼 단단했다.

우리 아들이 그리 만만한가. 이날까지 사업한 사람을 어찌 보고 그런 억지를 쓴다냐! 아범이 해결 잘할 것이여.

아들이 죽었다. 헬스장에서 빌딩 새 주인과 언성을 높이며 크게 싸우다 쓰러져 급히 119로 병원으로 옮겼으나 끝내 숨을 거두었다. 사인은 심장마비였다. 꿈같은 일이, 악몽 같은 일이 눈앞에 벌어졌다. 할머니 가슴은 가뭄 만난 논바닥처럼 쩌억 갈라졌다. 기함하여 혼백이 나가버렸다.

너 대신 내가 가야지! 내가 먼저 죽어야지! 이 노릇을 어이할꼬, 알밤 같은 저 새끼들은 어쩌라고 꿈속같이 네가 그리 간단 말이냐?

이 어미가 자네 대신 갈걸. 어찌 자네가 내 앞에 간단 말이냐! 하느님 우리 아들 살려주시고 이 늙은이 데려가시오! 제발 한 번 부탁이요!

삼일장, 아들의 장례를 화장으로 친 바로 그날 며느리가 나가버렸다. 새 며느리는 가타부타 한마디 말도 없이 들어올 때 가져온 커다란 여행 가방에 옷가지를 챙겨 집을 나가버렸다. 아들과 며느리가 마치 연기처럼 스르르 빠져나간 황량한 그 빈집에 할머니는 무너져 내리는 하늘을 머리에 이고 빙빙 돌며 그냥 있었다. 세상의 모든 빛은 꺼져버리고 세상의 모든 생명도 까맣게 타 죽어버렸다. 할머니는 울대가 막혀 꺽꺽 소리 내어 울지도 못하는 바보 새가 되었다.

내가 이런 박복한 늙은인데 때 되면 밥 먹고 남과 같이 웃고 밤이면 눈 붙여 자고, 사는 게 욕바가지인데 그래도 죽지 않고 살아지니 참말로 한심스럽버서.

가슴이 바스러진 끔찍한 지난날을 얘기한 할머니는 한참 동안 두 눈을 꾹 감았다. 아들이 타던 자가용은 새 며느리가 어느새 가져갔다고 했다. 나는 어떤 위로의 말도 선뜻 나오지 않았다. 나는 다시 따뜻한 생강차를 할머니 앞에 놓았다. 아 그래서 그때 할머니 집안을 처음 봤을 때 그렇게 휑하니 찬바람이 돌았구나. 나는 선뜩하게 느껴지던 그 서늘한 기운을 쉬이 잊지 못할 것 같다. 내가 먹성이 한창인 손자들 양육 걱정을 하자 저 아버지가 죽고 나서 다행히 손자들 생모가 한 달에 두어 번 생수며 애들 부식과 간식들을 택배로 보내준다고 했다. 그나마 다행이라는 생각이 들었다. 애들 생모가 중간병원 원무과에 직장을 다닌다니 애들 학비도 책임지겠지. 이혼하고 남자와 살지만 다른 자식들 데려갈 형편은 아닌 모양이다. 내가 걱정을 하자 할머니는 굵게 주름진 수척한 얼굴에 희미한 미소를 지으며 목숨 붙었으니 손자들 보고 그냥 사는 대로 산다고 했다. 할머니는 가슴에 얹힌 커다란 맷돌이 가끔 자신의 숨통을 모질게 누른다고 말했다. 남편은 고개를 절레절레 흔들었다.

나는 그 후, 밭에서 나는 갖가지 채소들을 더 골고루 깨끗하게 다듬어 할머니 댁 현관문 앞에 놓아두었다. 채소나마 이어줄 마음으로. 어느 날부터 할머니와 손자들이 보이지 않았다. 가만히 생각해보니 한 달에 두어 번 현관 앞에 놓이던 택배도 근래 못 본 것 같았다. 택배는 항상 저녁 무렵에 왔으니까. 어느 날 밭에 갔다 와서 목욕탕을 가는데 상가 슈퍼에서 생수 한 병을 사 들고 오는 할머니와 아파트 입구에서 마주쳤다. 요즘 생필품 택배가 왜 안 오는 것일까?

할머니 생수 사 오서요? 손자들은요?

갔어. 지 어미한테 갔는데 무얼.

그동안 손자들 밥해 먹이고 빨래해 준다고 수고하셨는데 애들 올 동안 푹 좀 쉬시면 좋겠어요.

이제 그 애들 안 올 것 같아. 내 짐작에.

할머니의 자글자글 주름진 작은 눈에 그렁그렁 눈물이 맺혀 쏟아지려 했다. 방 4개 화장실 2개, 넓은 거실과 넓은 베란다가 있는 45평 큰 아파트에 혼자 덩그러니 사시면 얼마나 적적하고 외로울까. 할머니의 수입은 정부에서 주는 기초연금이 전부일 텐데, 그걸로 어떻게 산단 말인가. 생각다 못해 아파트관리실을 찾아갔다. 입주자대표 회의에 건의하러 갔는데 관리소장이 1501호 아파트관리비가 많이 밀려 있다고 했다. 관리실에서 할머니에게 아무리 말해보고 독촉해도 소용이 없어 며느리 전화번호를 겨우 알아내어 연락하였다고 했다. 관리실에서는 아파트 압류를 생각하는 모양이었다. 관리소장은 동대표 회의에 안건을 올려보겠지만 평수 큰 아파트를 갖고 있어 쌀이나 부식비 정도의 혜택밖에 받을 수 없을 거라고 하였다. 나는 그 뒤 할머니를 만나도 관리비에 대해서 알은체하지 않았다. 말하면 할머니가 무안할뿐더러 할머니가 어떻게 해결할 수 있는 일이 아니기 때문이다. 그보다 할머니 노후가 정말 걱정되었다. 그나마 다행인 것은 시간이 좀 지나자 할머니가 몸을 추스르고 다시 노인회관에 다니는 듯했다. 홀로 어떻게 하루 이틀도 아니고 밤낮을 지낼 것인가. 회관에 나가면 점심이라도 따뜻한 밥을 드실 것이다. 내가 할 수 있는 일은 채소들을 안 떨어지게 현관 앞에 놓아주고 국이나 죽을 끓이면 좀 넉넉히 드리는 정도

이다.

    그렇게 날이 가고 달이 갔다. 그보다 근본적인 걱정거리가 나를 괴
롭혔다. 우리 아파트는 대단지가 아니고 2동짜리 300세대 남짓이라
45평 아파트 시세가 4억 정도이다. 관리비도 밀렸는데 헬스장 빚은 없
는지 알 수 없다. 남편은 아파트를 팔아도 할머니는 빈손이 될 거라고
말했다. 법정상속을 들먹거렸다. 제1순위 상속인이 아니고 2순위 직계
존속이 되니 법정상속을 받지 못하게 된다고 냉정하게 말했다. 나는
아이가 없어 할머니가 시골 논밭이며 집까지 탈탈 팔아 1억 6천만 원
그대로 아들이 다 갖고 갔다는데 그러면 할머니의 여생은 누가 돌보
고 책임질 것인가 하고 언성을 높였다. 나는 할머니 걱정에 머리가 다
아팠다. 관리실 관리비 독촉 때문인지 1501호는 부동산에 내놨다는
말이 들렸다. 할머니는 집 보러 오는 사람이 없다고 했다. 그리고 차
후 거처에 대해 한마디도 하지 않았다. 나는 속으로 걱정되어도 할머
니에게 아무런 말도 할 수 없었다. 결국 아파트는 시세보다 헐하게 팔
렸다는 소문이 났다. 그동안 얼굴 한 번 보이지 않던 며느리가 나타나
할머니가 잔금 전날까지 집을 비워줘야 아파트 잔금을 치른다고 했
다. 며느리는 헬스장 전세금으로 밀린 월세를 제했지만, 할부로 들인
헬스 기구 대금도 모자랐다고 짜증을 부렸다. 며느리는 아파트 매매
금으로 헬스 기구며 인테리어 비용 은행대출금, 1년 넘게 미납된 아파
트관리비 등을 제한 나머지 돈을 전처 아들들과 나누게 되어 위자료
도 되지 않는다고 불평을 늘어놓았다. 할머니는 결국 입에 거품을 물

고 뒤로 넘어갔다. 돈 한 푼 없이 집에서 나가라니 억장만 무너질까. 새 며느리는 겨우 3백만 원을 할머니에게 던지고는 횅하니 나가버렸다. 그날 밤 할머니는 피눈물로 내게 하소연하였다. 그때 논밭 팔아치울 때 시골집이라도 남겨 두었다면 늙은 몸 뉠 집이라도 있을 것인데, 딸이 울며불며 천만 원만 빌려달라고 사정사정할 때 그 돈이라도 주었다면 딸 보기 이렇게 부끄럽지 않을 터인데, 이젠 태산같이 든든하던 아들도 없고 애면글면 키운 손자새끼들도 할머니 외면하니 세상천지 갈 곳이 없다고 낙심하였다.

나 같은 늙은이 천당 아니라 지옥이라도 받아주면 가겠소. 판잣집이라도 하나 얻어주면 고맙소 하고 살겠건만, 내 논밭은 어디로 가고 알몸으로 내쫓으니 세상천지 어디로 갈거나?

아파트 노인회장님이 윤금자 할머니의 딱한 사정을 듣고 동대표 회의에 건의를 올려 십시일반 도와주자고 하였으나 오히려 노인회에서 반대가 나와 무산되었다는 말이 바람결에 들렸다. 아파트를 수억이나 받았다는 이유라고 했다. 남편은 말이 없었고 나도 입을 다물었다. 속으로 우리 시부모나 친정 부모 일이 아니어서 다행으로 생각되었다. 아파트를 비우는 날 할머니는 어쩔 수 없이 데리러 온 딸네 집으로 갔다. 그동안 고마웠다고 내 손을 꼭 잡았다. 나는 왠지 미안하고 부끄러워 위로의 말도 하지 못했다. 할머니 몸은 병색이 짙어 보였다. 이젠 할머니가 병원 가는 날이 많아 일하러 다니는 딸의 야윈 두 어깨의 짐이 무거울 것 같아 안타까워 연민이 갔다. 나는 윤금자 할머니가 아파트를 떠나고부터 노인회관에 채소 보내기를 끝내버렸다. 채소를 직접 들고 회관 가기가 왠지 망설여지고 인사받기도 거북했다.

윤금자 할머니 소식을 들은 것은 반년이 지난 어느 날 할머니의 노인회관 친구 할머니를 통해서였다. 윤금자 할머니가 얼마 전 돌아가셨다고 했다. 나는 가슴이 쿵 내려앉는 충격을 받았다. 편안히 눈이나 감으셨을지….

아이고 눈 감기는, 장례도 못 치렀다 하는데 망자가 어찌 눈을 감을꼬. 억장이 무너지지.

네? 무슨 그런 일이….

요즘 세상에 그런 일 저런 일 못 일어날 일이 뭐가 있당가. 며느리들, 본처나 후처나 저울에 달면 하나도 안 기울지. 망할 것들! 너도나도 다들 어찌 그리 매몰찰꼬? 사람이 야차같이 무섭네.

802호 할머니가 할 말이 많아선지 어린이 놀이터 옆 벤치를 가리켰다. 벤치에 할머니와 마주 앉았다.

도대체 어떻게 된 거예요?

어떻게 된 거나 마나 그놈의 돈이 원수지 뭐.

딸네 집 주택 두 칸 셋방에 옮겨간 할머니는 그 후로 아픈 날이 많았다. 마음의 골병이 화병이 된 것일까. 병이 심하면 딸은 할 수 없이 병원에 데려가 치료를 하고 너무 기력이 달릴 때는 링거를 맞혔다. 보험도 하나 없는 할머니의 병원비가 야금야금 수월찮게 들어갔다. 할머니는 딸에게 정말 미안해서 할 말을 잃었다. 뒤늦은 후회지만 그때 천만 원이라도 딸 손에 쥐여주었다면 이렇게 바늘방석은 아닐 것이다 싶어 뒤늦은 후회가 골수를 파고들었다. 할머니는 결국 입원하는 사태까지 나면서 반년을 못 버티고 눈을 감았다. 딸에겐 병원 입원비가 빚으로 남았다. 하도 적막강산이라 전 올케에게 연락하여 할머니 돌아가셨다 하여도 묵묵부답이었다. 큰조카는 군대에 입대하였고 작은조카 둘은 휴대폰 번호도 모른다. 재혼한 실장 올케, 재산상속을 제일 많이 차지한 올케에게 부고를 알렸으나 일언반구도 없이 전화를 끊어버렸다. 다들 장례비 덤터기를 덮어쓸까 외면하는 것인가. 딸은 절망해서 탄식하였다.

오빠! 오빠 인생 참 잘 사셨소. 그간 오빠 혼자 잘 먹고 잘살았나 보네요. 엄마 죽었대도 눈 깜짝하는 인간이 없네요. 나는 우리 오빠가 그래도 사업하며 대단한 사람인 줄 알았더니 참 더럽게 살았네요. 한때는 사업 잘되어 돈도 뿌리고 다녔다면서요. 그래도 불쌍한 우리 애들 언제 돈 한 푼 쥐여주었던가요? 못 사는 동생 밥 한번 사주었던가요? 아들 바라기 울 엄마 불쌍하고 오빠도 불쌍하고 나는, 나 같은 인간은 더 불쌍하네요. 엄마 장례도 못 치는 날 너무 나무라지 마시우. 동서남북 둘러봐도 손 하나 잡을 데가 없으니 내가 어떡하겠소. 날 잡아 잡수 하고 도망치는 수밖에요. 지금 내 눈에는 내 새끼도 눈에 안 보이네요.

딸은 할머니의 중환자실 병원비를 내지 못해 할머니의 시신도 찾지 못할 상황이었다. 그리고 장례식장이니 망자 옷이니 염습이니 화장비 등 못 들어도 수백만 원은 든다고 하는데 장례식장에 찾아올 사람 하나 없고 부의금 한 푼 들어올 곳 없는데, 더럽게 못 사는 처지라 훗날 돈 벌면 어머니 병원비 갚겠노라고 눈물로 쓴 편지를 간호실에 올려놓고 사라졌다고 했다. 애들은 친구에게 부탁하고.

802호 할머니는 얼마 전 그 병원에 무릎관절 물리 치료차 갔다가 병원 복도에서 우연히 윤금자 할머니 딸을 만나 그간 사연을 들었고 할머니 입원실에 들러보았다고 했다. 그때 윤금자 할머니는 산소 호흡기를 달고 있었단다. 일주일 뒤 다시 물리 치료차 가서 입원실에 가 봤더니 그 환자는 이미 사망했다고 하고, 환자 보호자들은 입으로 쉬쉬하며 딸 상주가 도망갔다는 말을 들었다고 한숨을 뱉었다.

누구를 원망해? 어미 두고 저세상 먼저 간 불효자식 아들놈을 원망해? 늙고 병들어 장례비도 안 남기고 죽은 할망구를 나무랄 거여? 어미 시체 냉동실에 눕혀 놓고 도망간 딸자식을 원망해? 누구를 원망할꼬 쯧쯧!

어둠이 아파트 건물에 내려앉았다. 나는 마음이 편치 않았다. 내 탓도 아닌데 부끄러움 같은 기분이 들었다. 퇴근한 남편에게 할머니의 두 며느리를 싸잡아 욕하면서 그 일을 일렀다. 저녁 식사를 하고 느긋하게 티브이를 보던 남편이 예사로 말했다.

여보, 우리 생전 안 해본 일 한 번 할까. 할미꽃 할머니 장례식 치러드릴까?

아니 당신은 좀 이상해. 적은 돈은 따지면서 큰돈은 수월하게 말하고 있네.

그러게 말이야.

거실 창문이 열려서인지 블라우스 입은 내 몸에 썰렁한 한기가 느껴졌다. 언젠가 할머니 집안을 처음 본 날 느꼈던 그 기운이다.

남편은 소파에 기대어 아까부터 거실 천장을 말없이 바라보고 있다.

매일
약 먹는
여자

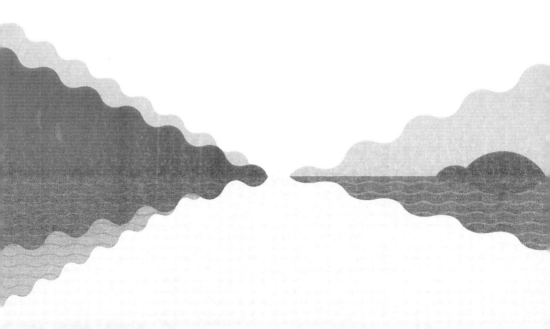

...

    이거 또 마시라고?

    그거 몸에 좋은 약이야. 당신이니까 주지. 어림없지. 다 마셔. 난 약
술 담가야 해.

    머그잔에 가득 따른 진갈색의 액체를 단번에 홀쩍 마시고 커다란
유리병을 들고 작업실로 가는 남편을 여자는 물끄러미 바라본다. 저
사람 건강은 다 회복하였으니 다행이지 뭐. 햇볕에 검게 탄 얼굴이며
탄탄한 몸이 가벼워 보인다. 팔다리가 근육질이다. 하기야 일 년 열두
달 가파른 산을 오르내리며 산비탈에 심어진 약 나무며 과수들을 돌
보고, 집 주위의 약재 밭과 채소들을 가꾸느라 온종일 몸을 움직이는
남자는 밤이면 세상모르게 쿨쿨 단잠에 떨어졌다. 그리고 여명의 새
벽이면 어김없이 벌떡 일어났다. 165cm 키에 비만하지 않고 날렵한
몸이다. 오래전 어느 여름날 주섬주섬 옷가지를 넣은 커다란 배낭을
메고 얼굴이 노래진 남자가 홀연히 집을 떠났다. 위암 수술을 받고 힘
든 항암치료를 하고 있을 때다.

    그 몸으로 산은 무슨, 당신 죽으려고 그래?

구토로 다 올리고 이러다간 못 먹어서도 죽겠어. 병원에 누우나 산에 누우나 뭐가 달라서.

고향 사촌 형 집에서 두어 달 얹혀살던 남편은 결국 산으로 들어가 산사람이 되었다. 자신의 말처럼 자연인이 된 지도 벌써 십 년이 넘었다. 여자는 남편이 따라주고 간 흰 머그잔 절반 넘는 갈색의 액체를 노려본다. 남편은 엊그제 산에서 캔 더덕 약술을 담그려나 보다. 10여 뿌리의 산 더덕은 약재를 잘 모르는 여자가 봐도 썩 좋아 보였다. 인삼처럼 두 다리를 슬쩍 포갠 더덕은 길이가 제법 길고 살집이 두툼했다. 주위까지 향기가 났다. 도라지와는 다른 더덕 향은 은근히 향기로웠다. 코가 저절로 벌름거려졌다. 좋은 물건은 단골 거래처나 약재상에서 가져가기도 하고 원하는 임자가 나타나 금방 팔리기도 한다. 또 소주를 부어 담금주로 만든다. 여자는 머그잔을 들고 싱크대로 가서 개수대에 진갈색의 몸에 좋다는 약을 천천히 붓기 시작했다. 쌉쌀한 한약 냄새가 주방 가득 번진다. 여자는 갈색 약물이 남아 있는 머그잔 두 개를 깨끗이 씻고 생수를 받아 입안을 헹구었다. 약은 개수대가 다 마셨다.

여자는 커피포트에 물을 붓고 스위치를 누르고는 찬장에서 장미꽃 문양이 새겨진 예쁜 커피잔을 꺼냈다. 그녀는 식탁 위 바구니에 있는 갖가지 차들을 마다하고 서랍에서 노란색 믹스커피 한 개를 꺼내 커피잔에 붓고는 뜨거운 물을 따랐다. 오랜 세월 그녀 입에 길들여진 커피 향이 입안에 감긴다. 역시 이 맛이야. 그녀는 요양보호사로 일하고 있기에 환자를 돌보다 시간이 나면 믹스커피를 마셨다. 오전과 오후에 커피를 마시면 피곤이 풀리는 듯했으니까. 물론 남편이 준 차들도 가끔 타 마신다. 이번에도 보름간 돌보던 다리 관절 수술환자가 퇴원하여 남편이 있는 산골 집으로 왔다. 남편은 여자가 산에 있는 동안 자신이 담근 약초 액기스와 담금주들을 자랑하며 여자에게 약을 마시라고 했다. 여자는 날마다 별별 약 맛을 봐야 했다. 그러나 여자는 태생적으로 약을 싫어했다. 남편 앞에선 조금 마시는 척하고는 언제나 몰래 개수대에 쏟아버렸다. 간밤에도 여자는 남편의 고함에 잠이 확 깨었다.

어어, 차장님 그간 잘 지낸 면을 보더라도 숨구멍 틔워 주셔야지. 한칼에 끊는 게 그게 말이 되는 소리요?

야, 개새끼들, 술 사주고 밥 사주고 할 때는 잘도 만나더니, 이젠 박대한다는 거지? 사람을 어찌 보고! 나 혼자 죽을 줄 알아? 물구덩이에 빠져도 같이 빠져야지!

나와 지점장! 이렇게 안면박대하기야! 어떤 놈은 봐주고 어떤 놈은 죽이는 거네! 한 번만 봐 달라는데 이렇게 하기야! 나와!

한숨이 절로 나온다. 저놈의 병은 도대체 언제 나을는지? 죽을 때까지 저러겠지. 한참을 떠들다 다시 드렁드렁 곯아떨어지는 남편 옆에서 여자는 하얗게 밤을 지새웠다.

병들이 즐비하다. 남편의 보물들이다. 보물 저장소에는 가지가지 담금주들이 아주 튼실한 5단 원목 진열장 칸에 주르르 일렬로 늘어서 있다. 출입문을 빼고는 튼튼한 원목 진열장들이 적당한 간격을 두고 실내에 꽉 채워져 있다. 서가에 꽂힌 책들처럼 담금주들이 칸칸이 채워져 있다. 거의 유리병인데 담금주 병들 생김생김도 각양각색이다. 기다란 병, 임신부처럼 배가 부른 병, 콜라병, 양주병, 항아리처럼 생긴 큰 병도 있는데 세월 따라 담금주 병들도 세련된 디자인이다. 병에는 연도, 월, 일, 이름표가 붙어 있다. 제일 아래 큰 칸에는 소주 몇 되가 들어가는 큰 항아리 유리병들이 주르르 놓여 있고, 칸칸이 키가 같은 약술 병들이 진열돼 있다. 길이가 길고 원형의 둥근 유리병에는 아주 잘생긴 오래된 인삼에서부터 반백 년 묵은 귀한 삼산, 하수오, 산도라지, 남편이 심어 키운 장뇌삼과 인삼 닮은 굵은 더덕도 보기 좋게 자리 잡아 술에 담겨 있다. 머리서부터 잔뿌리 하나까지 환히 보인다. 누르스름한 황금색으로 우러난 저 약들은 담근 지 꽤 오래되었다. 아직 주인을 못 만났나. 어디 그뿐이랴. 간 질환, 신경통, 관절염에 좋고 근육을 풀어준다는 꾸지뽕나무 열매, 혈액순환, 노화 방지, 성인병 예방에 탁월한 포도주 색깔의 은은한 가시오가피 담금주, 초여름에는 흰 꽃이 피고, 푸른 잎이 겨울 찬바람에 시들어 콩알만 한 열매로 술을 담그는 헛개나무 열매는 알코올 간 손상 보호, 지방간 피로 해소에 좋으며, 꽃이 예쁜 산사나무 빨간 열매는 지방분해, 고혈압, 고지혈증, 소화불량 약으로 유명하며 말려서 차로 마시면 향과 맛이 좋다고 했다. 소주에 우러난 색깔도 갖가지이다. 선홍색, 붉은색, 분홍색, 자색, 자두색, 진노랑, 연노랑, 황금색, 청색, 군청색, 물색, 진갈색, 검은색 등 약재에 따라 또는 연 수에 따라 그 색이 다르게 우러났다. 나무와 뿌리 잎 열매들을 약재와 차 담금주들로 분류했다. 언젠가 여자가 심심해서 병들을 세어 보니 육백 병도 넘었다. 소주를 차떼기로 들여오는 남편이 조금은 못마땅하기도 했다.

남편은 무작정 산에 들어와 처음에는 임시 거처로 산기슭 계곡 아래 초라한 움막 한 칸을 지어 살더니 결국 집을 지었다. 불도저로 비탈진 산자락을 밀어 집터를 만들어 손수 집짓기를 시작하였다. 남편은 옛날에 이층주택을 몇 채나 짓지 않았던가. 그로 인해 사업이 망하여 이 산골에 들어오게 되었지만. 남편은 시멘트 블록집을 천천히 손수 다 지었는데 큰 침대가 들어가는 방과 주방을 겸한 널찍한 거실을 만들었다.

여자가 제일 불편해하던 실내 화장실을 넣고 따뜻한 물로 샤워도 할 수 있었다. 창고도 짓고 비닐하우스 한 채도 지었다. 패널로 지은 창고의 지붕과 외벽은 검은 그물망으로 덮어씌웠다. 산 위에 기다란 호스를 연결하여 상수도도 만들었다. 삼 년 전에는 여자를 위해 볏짚을 잘라 넣은 황토를 짓이겨 아궁이에 나무로 불을 때는 황토방도 한 칸 만들었다. 여자는 산에 오면 황토방을 이용했다. 식혜를 마시며 절절 끓는 방에 누워 환자 돌보느라 뭉친 어깨며 삭신을 풀었다. 처음에는 전기도 없이 살다 건너편 산 아래 군청에서 특수작물 연구소를 만든다고 전기가 들어와 남편은 적은 경비로 전기를 당겨 넣은 지도 오래전이다. 그간 제일 아쉬웠던 냉장고와 세탁기를 들이고 티브이를 설치했다. 티브이는 KBS, MBC 등 공영방송만 잡혔다. 남편은 라디오를 즐겨 들었는데 아주 조그만 트랜지스터 라디오를 항상 지니고 다녔다. 산세가 웬만한 산 한 등을 개간하기 시작한 십여 년 세월에 소나무 낙엽송만 무성하던 산골짝에는 장뇌삼이 자라고 약 나무와 과일나무가 무성한 화원이 되었다. 남편의 병은 언제부턴가 꼬리를 감추었다.

산골 남편의 집에는 세 마리 진돗개가 있다. 털이 누렇고 몸집이 큰 늠름한 백구와 승리는 수컷이고 양처럼 흰 털이 고운, 몸집이 작은 하니는 암컷이다. 세 마리 다 두 귀가 쭉 뻗은 영리하고 잘생긴 진돗개들이다. 개들은 곧잘 흘레를 붙었다. 머지않아 하니가 새끼를 밸 거라고 남편은 좋아했다. 남편이 산에 살면서 산짐승들 걱정에 사나운 도사견 두 마리를 애지중지 길렀는데 어느 해 가을밤 산에서 내려온 멧돼지와 밤새 물고 뜯는 싸움 끝에 검은 털의 커다란 멧돼지가 도사견에 물어뜯겨 죽었다. 멧돼지는 아랫마을 사람들이 끌고 갔다. 두 마리의 도사견도 멧돼지에게 물린 상처의 악화로 결국 죽었다. 남자는 정성스레 도사견들을 산에 묻어주고 슬퍼하였다. 그 뒤에 데려온 백구와 승리는 고르고 골라서 거금을 주고 산 진돗개로 정말 영리한 개들이다. 하니는 작년인가 너무 예쁜 새끼였을 때 데려왔는데 온 털이 양처럼 하얀 진돗개이다. 클수록 동그란 눈, 새까만 눈동자, 예쁜 코며 입술이 사람으로 치면 완전 미인형이다. 여자가 옛날 티브이에서 본 '달려라 하니'를 좋아해 하니라고 이름 지었다. 백구와 승리는 하니가 강아지 적엔 엄청 귀여워하더니 요즘은 발정이 나서 서로 하니를 차지하려고 툭하면 으르렁 컹컹대면서 싸움이 붙었고 시도 때도 없이 아무 데서나 하니와 흘레를 붙었다.

남편의 산골 집에는 산에서 나는 귀한 약재는 물론 별별 약재들이

다 있다. 남편의 보물창고 제1방에서 이어진 제2방에는 오래된 뱀 사탕, 손가락보다 굵은 굼벵이, 솥뚜껑만 한 큰 자라가 알코올에 담겨 있다. 여자는 그 방에는 절대로 가지 않는다. 징그러워 아예 쳐다보기도 무섭다. 여자가 하도 질겁하여 남편은 그런 담금주들은 아내 눈에 안 보이는 곳에 보관했다. 남편은 귀한 약재나 약초도 그 방에 둔다. 말이 방이지 통풍이 잘 되는 창고이다. 연락을 받고 찾아오는 고객만 그곳으로 안내되었다. 커다란 창문이 사방에 달려 있어 바람이 잘 통하는 큰 창고에는 약재며 약초들이 정말 많다. 산에서 나는 버섯도 정말 여러 종류로 분류되어 보관되어 있다. 오래된 것에서부터 일이 년 된 약초들이 삼베 자루나 무명 자루, 양파망 등에 넣어져 벽에 질서 있게 걸려 있다. 기다란 평상도 있는데 약재 약초를 그늘에서 말리는 곳이다. 여자가 유일하게 좋아하는 곳이다. 여자는 향긋한 한약 냄새 같은 마른 풀 내음 맡길 좋아한다. 은은하게 콧속으로 스미는 내음이다. 어린 날 어머니의 손에 이끌려 간 한의원에서 맡았던 그 냄새다. 기다란 침이 무서워 울음을 터뜨렸던 한의원이 언제나 생각났다. 약초들은 성질과 쓰임이 각기 다르다고 남편은 누누이 말했다. 그러나 여자는 약술이고 약재이고 세상 관심이 없다. 그냥 지켜볼 뿐이다. 물론 이러한 약재들의 효능에 대해 그나마 조금 알게 된 것은 남편으로부터 귀에 박히도록 들은 반복 학습의 효과이다. 듣고도 잊어먹거나 미심쩍을 때는 남편이 스승으로 삼아 끼고 사는 동의보감을 찾아보거나 두꺼운 사전을 들춰본다. 그것도 고작 일 년에 한두 번이다. 산골 집의 책은 전부 약초자료 책들뿐이다. 『한국의 식물』, 『식물도감』, 『자연 속의 약초』, 『계절 약초』 등인데 손때 묻고 너덜너덜해진 책들이다.

　본디 여자의 남편은 건축자재상을 하였다. 집 짓는 건축업자에게 자재를 대주는 중간 도매상 일이었다. 당시 한창 양옥주택 붐이 일어나던 때라 남편의 가게는 건축자재를 대주느라 정신없이 바빴다. 시멘트를 비롯하여 종류 많은 타일이며 싱크대, 세면대, 양변기, 수도 등 신식으로 짓는 양옥주택의 갖가지 내부 자재들 주문으로 전화통은 불이 났다. 남편과 한 명의 일꾼은 주택건설 현장에 주문 자재 물품들을 트럭으로 나르느라 바쁘기에 여자가 주문 전화를 받고 가게를 지켰다. 그리고 가게에 찾아오는 손님에게 친절히 안내하고 설명하면 즉석에서 판매가 이루어졌고, 전화 주문 품목들을 꼼꼼히 적어놓으면 남편은 트럭에 물품들을 적재하여 현장에 득달같이 배달하였다. 당시 남편이 남들보다 일찍 1종 운전면허를 따고 할부로 구매한 트럭을 몰아 기동성이 빨랐던 덕택이었다. 건축도매상 이태 만에 각종 자재 진열가게는 배로 넓혀졌다. 일꾼도 늘어 남편은 어디서나 사장님으로 불렸다. 건축 경기가 한창 일어났던 시기였다. 큰 도시에는 대단지 아파트가 우뚝우뚝 솟았고, 5층짜리 맨션도 많이 지어졌다. 사람들은 오래된 슬레이트집이나 나무집, 옛날 흙집을 헐고 새집을 지었다. 빨간 벽돌로 짓는 이층 양옥 슬라브 단독주택들이 늘어났다. 하나같이 창문을 크게 내고, 거실을 넓게 하고, 주방에 싱크대를 들이고, 화장실에 흰색 양변기와 욕조를 넣고, 현관 목욕탕 바닥의 타일을 시공하는 것이 인기였다. 기존 주택들도 양변기를 들이고 싱크대를 들이는 리모

델링이 한창이었다. 남편의 파란색 천막 자재창고도 대형으로 늘렸으며 트럭도 두 대, 직원도 다섯 명이나 두었다. 그들 부부에게 살면서 제일 신바람 나던 시절이었다. 자재를 대주며 건설현장을 누비다 보니 집 한 채 지어 파는 큰 이윤이 눈에 보였다. 그런 와중에 오랫동안 거래하던 주택건설 사장이 동업을 제의하였다. 건실한 사람이었고 주택도 빈틈없이 잘 짓는 사장이었다. 다만 여러 군데 건축공사를 벌려 짓다 보니 주택이 매매될 동안 건축자금 회전이 달리는 형편이었다. 남편은 심사숙고 끝에 동업을 선택하였다. 여자가 반대하고 걱정했던 건축사업 동업은 순풍에 돛단 듯 잘 되었다. 주택건설의 자재와 자금이 안정되자 건설한 양옥집은 부동산에 매물로 내놓아 제값에 팔았다. 그들도 잘 지은 이층집으로 살림을 옮기고 살던 헌 집을 헐어 양옥집을 지어 팔았다. 그리고 고향에 산도 샀다. 연로하신 부모님의 산소 자리와 공동묘지에 초라하게 묻힌 조부모 산소 이장과 자신들의 후일을 생각해서였다. 신용으로 은행 대출도 잘 되어 대출금도 많았지만 그건 사업상의 자산이고 남편 명의의 통장 잔액도 술술 늘어갔다. 사업이 잘 된다는 소문에 남편 형제들이나 일가친척, 동창들, 고향 사람들의 자녀 취업 부탁이 줄을 이었다. 건설현장에서는 경력 있는 건설 전문기술자를 우대하지만 막노동 잡부도 필요한 인력이었다. 남편은 중형 자가용을 굴렸고, 어엿하게 사장님 소리를 들으며, 은행 지점장실에서 차를 마시며 VIP 대접을 받았다. 사업상 회식도 빈번하였다. 여자는 젊은 직원 데리고 자재상을 영업하느라 정신없이 분주했다. 그들은 행복했고 주위 사람들이 다 부러워했다.

IMF가 터졌다. 잘 지어 놓은 번듯한 주택들은 팔리지 않았고 아무리 발을 동동 굴려도 건축업자들에게 외상으로 대준 자재 대금은 전연 회수되지 않았다. 안 주는 게 아니라 건설한 신축주택들이 팔리지 않아 못 주는 형편이었다. 지점장 면담은 번번이 무산되었고 대출은커녕 안면박대한 대출금 독촉으로 잠을 못 이루게 했다. 은행이자는 하늘처럼 올라가고 대출금 독촉에 사채도 쓸 만치 썼는지라 어디에도 돈 구할 데가 없었다. 건실했던 동업자는 빚에 떠밀리다 못해 자살하였다. 잘 지어 놓은 주택은 건축비의 반값을 불렀다. 어느 날 검은 양복을 입은 남자들이 구둣발로 집안을 돌아다니며 빨간 딱지를 붙이고 갔다. 그들의 재산은 처분되기 시작했다. 넓은 거실과 양변기 목욕탕이 있어 아이들이 너무도 좋아하던 이층주택도 넘어가고 슬레이트 셋집으로 옮겼다. 건축하려고 사 놓은 대지도 자재창고도 넘어갔다. 불처럼 일어나던 살림이 한순간에 잿불처럼 혹 날아갔다. 여자는 현실이 아니고 꿈인가 싶었다. 밤낮 술에 취해 세상을 원망하며 비관하던 여자의 남편은 중고교 삼 남매 아이들의 학업까지 중단될 위기에 처하자 사장님으로 불리던 체면을 내려놓고 인력시장 잡부로 나가기 시작했다. 여자도 남의 식당에 다녔다. 그들의 여름은 더 힘들었고 겨울은 더 추운 계절을 살았다. 남자는 비관했다. 쭉쭉 잘 나가다 날벼락처럼 당한 불행 앞에 버티기 어려워 절망했다.

이렇게 살아가느니 우리 그만 죽어버리자!

애들은 어쩌라고?

저들 복대로 살겠지.

우리 살아도 애들 앞가림 못 해줘.

도저히 일어날 희망이 없어. 캄캄해.

화병과 비관으로 허우적거리던 남자는 결국 병을 얻었다. 위암 수술을 받고 귀가 멀어지고 공황장애 정신질환까지 생겼다. 남자는 입을 닫고 방안에 틀어박혀 꼼짝하지 않았다. 항암치료로 인한 구토로 똥물까지 게워내더니 예약일에 병원도 가지 않았다. 공원에 나가 걷기 운동이라도 하라고 권하면 화만 벌컥 내었다. 죽든 말든 가만두라고 소리질렀다. 여자는 싸우는 것도 지쳐 남자를 내버려 두었다. 초라한 세 식구 밥과 반찬을 준비해 두고 새벽이면 식당으로 일을 나갔다. 남자가 어느 날 훌쩍 집을 떠났다. 일 갔다 저녁에 집에 오니 남자가 없었다. 고향에 가니 찾지 말라는 메모가 밥상 위에 있었다. 장롱 안의 남자 옷과 배낭이 없어졌다. 남자가 주절거리던 말이 떠올랐다. 병원에 누우나 산에 누우나 뭐가 달라서.

씨발 새끼! 금방 여기 갖다 두라고 하고선 또 옮기라고, 시멘트 포대가 뭐 솜 포대인 줄 아냐? 김 씨! 조심해! 큰일 나겠네! 아휴! 삐끗하면 황천행이라니까.

제기랄 빌어먹을, 일일이 트집이네. 뉘기미 씨발! 당신도 나한테 빚 받을 게 있어? 있냐고? 왜 이 지랄발광인데!

아이구야, 팍 죽는 게 낫지, 제기랄 이렇게 살아 무슨 좋은 날 보려고….

야 개자식들아, 나 잡부다. 어쩔래? 더러워서 내가 여기 다시는 오나 봐라!

남편이 또 헛소리 잠꼬대를 한다. 나이가 들수록 잠꼬대가 심해지는 것 같다. 산에 와서 몸에 든 병은 나았는데 정신적 고질병은 낫지를 않는다. 한판 싸움이 붙었는지 두 팔을 휘두르며 고래고래 고함이다. 아무리 세월이 흘러도 뼈아픈 과거는 지울 수 없다는 걸 느낀다. 여자는 돌아누워 두 귀를 막아버렸다. 소리 없이 눈물이 흘러 베갯잇을 적신다. 듣기 좋은 꽃 노래도 아니고 이해는 하지만 이젠 남편의 헛소리가 징그러울 지경이다. 같이 자기가 이 때문에 더 싫어진다. 전에는 고함에 놀라 남편을 흔들며 깨웠다. 그만하라고. 그러면 남편의 잠꼬대는 일순 멎었다. 그러나 그뿐 다음날 남편의 잠꼬대는 여전하였다. 병원에 가 보라고, 제발 가서 잠꼬대 상담 좀 받아보라고 사정을 해도 한 번도 듣지 않았다. 자다가 내뱉는 헛소리 가지고 시비 건다고 오히려 짜증을 내어 그만 말문을 닫은 상태다. 여자는 언뜻 자신도 남편처럼 잠꼬대하는 게 아닐까 걱정되었다. 남편이 붙잡아도 내일은 집에 가리라. 핸드폰을 켜보니 새벽 두 시다. 이제 잠은 천리만리 달아나 버렸다. 남편은 드르렁드르렁 코까지 골며 잘 자고 있다. 한숨이 터진다. 여자는 긴 밤을 지나 아침을 맞기가 한없이 까마득했다. 여자는 일어나 약술을 꺼내 어둠 속에서 홀짝홀짝 들이켜기 시작했다.

당신 왜 밥을 못 먹어? 내가 몸에 좋은 약과 좋은 차는 다 챙겨주는데.

어제 잠을 설쳐서 그런가 봐.

잠은 왜 설쳐? 두견이 울음소리 들은 거야? 짐승 울음소리 들렸어?

아니, 이제 당신 건강 걱정 안 해도 되겠어. 발병 십 년을 넘겼으니 다행이야.

그럼. 그때는 정말 죽을 날 받아 놨었는데. 산이 날 살렸어. 고맙지 뭐.

그래 산이 당신 살렸어. 당신 옛날 은행 대출 막히고 압류 들어올 때랑 막노동 나갈 때 스트레스 너무 받아 아직도 그 시절 잠꼬대를 하니. 몸서리나던 세월이었지만 이젠 내려놓을 만도 한데.

내가 또 고함질렀어?

그 당시 눈앞이 캄캄했던 고통이 당신 가슴 밑바닥에 깔려 있겠지.

돈 되는 건 다 뺏기고 누님 명의로 된 이 산 하나 남았지. 그때 하도 막막해서 조부님과 부모님 뼈다귀 파내고 이 산 팔려고까지 생각했는데 악산이라 돈도 안 됐어. 죽으려고 들어 온 이 산이 내 목숨 구할 줄이야. 사람 명이 있는 건지 자연이 날 치료해준 건지 모르겠어. 이젠 덤으로 사는 내 목숨이야. 난 여기가 좋아.

여보 나 오늘 내려갈래요. 집에 지윤이 혼자 있어 맘이 안 놓이네.

다 자랐는데 뭘. 당신이 여기 있으면 나는 너무 좋은데, 또 올 거지?

남편은 여자가 한 열흘 있다 가리라 생각했는지 섭섭해하였다. 그러면서 두툼한 봉투를 내민다. 거래하는 약재상, 귀한 약을 찾는 거래처나 개인에게 물건을 넘긴 대금이다. 남편은 심하게 몸이 아팠던 때를 제외하고는 여전히 가장의 역할을 충실히 하는 사람이다. 자신의 책임에서 벗어나지 못하는 사람! 식사를 마치고 여자의 남편은 몇 종류의 버섯과 산도라지 재배 산삼과 끓여 먹을 차, 천연 벌꿀과 화분, 말려 둔 산나물 등 가지가지 챙겨주었다. 집을 나서자 기다란 줄에 매인

백구와 승리 하니가 컹컹대며 따라나선다. 남편을 보호하고 집을 지키는 애견들이다. 남편은 사료를 듬뿍 주면서 녀석들의 목과 배를 만져주고 털을 쓰다듬어 준다. 여자는 하니의 예쁜 눈을 보며 안아주고 하얀 털을 쓸어주었다. 하니는 주둥이를 여자 얼굴에 비볐다.

백구, 승리, 하니. 집 잘 지키고 있어. 아빠가 엄마 데려다주고 올게.

산길을 내려와 개천 시멘트 다리를 지나 논밭을 지나 아랫마을을 지나 남편은 언제나 트럭으로 읍내 시외버스 터미널까지 여자를 데려다주었다. 삼십여 분 걸린다. 당신은 요즘 여기 오면 가기 바쁘네. 이젠 내가 싫어진 건가?

이 나이에 싫고 좋고가 뭐 있어. 나는 본디 산에 사는 거 별로 좋아하지 않았는데 뭘. 당신 산에 들어가고 혼자 있으면 무서워. 일해야 하니 기다리지 말아요.

여자들도 산 좋아하는 사람 많던데 당신은 산에 애착을 못 느끼네. 알았어. 무슨 일 있으면 전화해. 과일하고 채소는 택배로 보내줄게. 애들 잘 돌보고 간병 일 줄이고 당신 건강이나 챙기라니까.

자신을 내려주고 트럭을 돌려 쌩하니 가버리는 남편을 보면 여자는 언제나 가슴이 먹먹하고 시원섭섭한 마음이 되었다. 산에 정붙이고 살면 좋을 텐데.

여자가 한 달 만에 산골 집에 왔다. 남편이 좋아하는 생선이며 육고기 반찬들을 잔뜩 가져왔다. 남편은 언제나처럼 터미널에 마중 나와주었다. 솥뚜껑에 삼겹살을 구워 산마늘과 상추쌈, 풋고추로 점심을 맛있게 먹었다. 여자는 오후에 선캡 모자를 쓰고 코팅 장갑을 낀 뒤 상추, 산마늘, 부추, 고추가 있는 밭 풀을 매고 참깨밭과 들깨밭, 고구마 고랑의 풀을 뽑았다. 결실을 위하여 보송보송 흰 꽃을 피우는 깨꽃이며, 싱싱한 고추들 사이에 핀 아주 작고 여린 하얀 고추꽃을 보며 여자는 문득 산에 살아도 되겠지, 하는 마음이 일순 들기도 했다. 여자는 돌층계 아래 하얀 꽃이 무더기로 핀 메밀밭을 보며 올해는 메밀묵 많이 만들어 먹어야겠다고 생각했다. 여자의 남편은 자기 어머니가 해준 메밀묵을 잊지 못하고 즐겼다. 노란 금계국과 달맞이꽃이 밭 주위에 흐드러지게 피었고 능소화들은 약속한 듯 돌담을 넘어 뻗어갔다. 남자는 주먹만 한 빨간 피자두와 발갛게 익은 복숭아를 바구니 가득 따 여자에게 안겼다. 여자는 달콤한 피자두를 한입 베어 물고는 새콤함에 눈꼬리를 찡그렸다.

그날 저녁, 남편은 잠자리에 눕자마자 여자를 끌어당겨 몸을 덮쳤다.
당신하고 관계한 지가 언제인지 모르겠네. 남편 완전히 굶긴다니까.
남편은 바로 몸을 포개며 급히 여자의 아랫도리를 벗기고 자신의 성기를 집어넣었다. 여자는 남편이 몸속으로 들어오자 악 소리를 지르며 자신도 모르게 몸을 뒤틀었다. 아무 준비도 안 된 갱년기 여자의 샘은 아플 수밖에 없었다.
나 원 처녀도 아니면서 아프다고 그래? 내가 자주 하는 것도 아니고.
남편은 항상 그랬다. 젊어서부터 그랬다. 성격이 급해 그런지 자신이 하고 싶으면 순식간에 해치워버렸다. 포옹도 키스도 없고 애무도 없었다. 마치 성폭행하듯 관계를 해버렸다. 몸을 생각해선지 자주 하지도 않는 부부관계를 그렇게 하고는 잠에 곯아떨어지니 여자는 한 번도 부부관계에 만족해본 적이 없었다. 자기 혼자 하고 마는 걸 뭐. 영화를 봐도 드라마를 봐도 안아주고 키스하고 전신을 애무해주는데 남편은 그런 게 없었다. 여자는 젊을 때부터 남편에 대한 성 불만이 있었지만 말하기 어렵고 민망하여 말 못 하고, 바쁘고 피곤하니까 하고 이해했다. 그러다 사업이 망하면서 몸도 망가져 부부관계는 끝이 났다. 몇 년이 지나 몸을 추스른 남편이 여자가 산골 집에 오면 이따금 여자의 몸에 들어왔다. 말 그대로 자기 혼자 괜스레 들어왔다가 금방 나갈 뿐이었다. 여자로선 같이 살아도 그렇고 떨어져 살아 두 달 만에 만나도 남편은 그냥 배설만 하고 지나갔다. 부부관계를 거절하고 싶었지만 차마 그러지 못했다. 가슴에 불만 지펴놓고 나가니 차라리 안 하니만 못했다. 여자는 욕구불만에 젊은 시절 바람 한 번 피울까 싶은 마음이 순간적으로 들기도 했다. 그러나 내가 미쳤나 봐. 죄짓겠다, 하는 인성의 반성과 무서운 남자 만날까 겁부터 났기에 불순한 생각조차 버렸다. 남편이 위암으로 죽지 않고 살아주어 고마울 뿐이었다. 남편은 드르릉드르릉 코까지 골며 금방 깊은 잠에 떨어졌다. 또 잠꼬대나 하겠지. 여자는 늦게야 가슴에 붙은 불을 잠재우느라 마음이 산란했다. 여자는 일어나 손에 잡히는 담금주를 꺼내 맥주컵에 부어 훌쩍훌쩍 마시기 시작했다. 안주 하나 없이.

이튿날 남편은 날도 안 샌 컴컴한 새벽에 산으로 들어갔다. 야생 벌꿀을 채취하고 버섯을 딴다던가. 여자는 말똥말똥한 눈으로 어두운 천장을 쳐다보고 있다. 한없이 적요한 시간이다. 하릴없이 여명을 기다린다. 불도 켜지 않고 커튼을 들치고 바깥을 보니 아직도 컴컴하다. 높다란 산에 가려 산골 집은 언제나 아침이 늦게 왔다. 백구와 승리는 남편을 따라갔지만 하니는 꼼짝을 하지 않는다. 아까 남편이 두 녀석을 데리고 갈 적에는 따라가려고 컹컹대면서 짓더니만 남편이 그만, 하니 너는 집에 있어, 하자 군소리 없이 가만히 있었다. 창을 보니 아직 어둠이 묻어있다. 지루하다. 나가서 하니 밥이나 줘야겠다고 생각하는데 갑자기 하니가 컹컹 짖기 시작했다. 하니가 점점 맹렬하게 짖는다. 누가 왔나? 얘가 왜 저리 짖지? 사람인가? 여자는 혹시 사람이면 더 무서워 전신이 부르르 떨렸다. 창문을 열고 내다볼 엄두도 안 났다. 아까 남편이 나가고 현관문 방문을 다 잠갔다. 그래도 겁이 나서 가방을 끌어당겨 호신용 전기충격기를 손에 쥐었다. 아직도 하니가 짖고 있다. 사람이 아니라면 멧돼지라도 왔나? 우리 하니 다치면 어쩌지? 하니가 마당을 펄쩍펄쩍 뛰는 소리까지 들려 여자는 오금이 다 저렸다. 하니가 하도 앙칼지게 짖어 다른 소리는 들리지도 않았다. 여자는 눈물이 났다. 남편이 원망스럽다. 여자가 무섬을 잘 타는 줄 뻔히 알면서 혼자 남겨 두고 산으로 들어간 남편이 밉고 싫다. 전화해 봤자 잘 터지지도 않는 핸드폰, 그리고 벌써 어디 멀리까지 갔을 터인데 돌아오라는 말도 쉽지 않다. 얼마나 지났는지 하니가 짖지 않고 조용하다. 하니 걱정에 여자는 몸을 일으켰다. 우선 하니 밥부터 주어야지. 제발 별일 없겠지. 그렇게 짖었으니 얼마나 배고플까? 주방의 사료를 바가지에 담아 조심스레 현관문을 열었다. 조심조심 애들 밥그릇

쪽으로 가던 여자는 놀라서 사료 바가지를 내던지고 집으로 들어와 버렸다. 굵은 뱀 한 마리가 나자빠져 있었다. 여자의 인기척에 하니가 뛰어나와 다시 또 컹컹 짖어대기 시작했다. 여자는 벌렁거리는 가슴을 한 손으로 누르며 가방을 챙기기 시작했다. 옷을 챙겨 입고 모자를 덮어썼다. 호신용 호루라기와 전기충격기는 호주머니에 넣고 백 팩을 메었다. 밖에 나오니 하니가 엎지른 사료를 주워 먹고 있었다. 미안하고 고맙지만 하니를 쓰다듬어 줄 수는 없었다. 물려 다치지 않았는지 걱정스럽다.

우리 하니 용감하네. 고마워! 미안해 하니야! 아빠 오면 엄마 무서워서 갔다고 해라. 집 잘 보고 있어. 응?

여자는 대가리가 찢기고 꼬리가 잘린 능구렁이를 모자로 가려 외면하고 내달리듯 집을 나와 산길을 내려오기 시작했다. 희뿌연 새벽이 점차 밝아온다. 핸드폰에 저장해 놓은 번호를 누른다.

네네. 거기요. 여기 산골 집인데 제가 지금 내려가고 있거든요. 산 아래 미전마을 시멘트 다리에서 기다릴게요. 아, 기사님 저 아시네요. 예. 시외버스 터미널 갑니다. 예 고맙습니다!

산골 집에 오거나 집에 갈 적에 남편이 일이 바빠 못 올 때면 전화로 불러 탔던 택시기사님이다.

아, 배고파! 그 기사님 식사 안 했으면 읍에서 해장국이라도 같이 먹자고 해볼까?

여자가 시계를 본다. 발걸음이 더 빨라진다. 길가 풀잎에 맺힌 아침 이슬이 여자의 검정 바짓가랑이와 운동화를 함초롬히 적신다. 바쁜 발길에 그녀의 숨결이 조금씩 가빠지며 얼굴에 혈색이 돈다. 길가엔 여기저기 하얀 개망초와 노란 달맞이꽃이 새초롬하게 피어있다. 길가 언덕배기는 성성한 진초록 잎새의 칡넝쿨이 점령군처럼 주변을 다 점령하여 휘감고 있다. 희부연 안개에 싸인 산골의 아침을 밝히는 해가 더디게 더디게 동쪽 산을 넘어 이제 가뜬하게 떠오르고 있다. 고운 햇살이 광선처럼 쭉쭉 뻗어 나무들을 싱그럽게 빛내주며 잎새에 맺힌 이슬을 반짝이게 한다.

끼룩끼룩 산새가 아침을 노래한다.